AS AVENTURAS DE
LUCAS CAMACHO FERNANDEZ

JORGE FURTADO

As aventuras de Lucas Camacho Fernandez

Companhia Das Letras

Copyright © 2022 by Jorge Furtado

Grafia atualizada segundo o Acordo Ortográfico da Língua Portuguesa de 1990, que entrou em vigor no Brasil em 2009.

Os sonetos e trechos de peças de William Shakespeare citados neste livro foram traduzidos pelo autor.

Capa e ilustrações de capa e miolo
Marcelo D'Salete

Preparação
Fernanda Belo

Revisão
Angela das Neves
Márcia Moura

Dados Internacionais de Catalogação na Publicação (CIP)
(Câmara Brasileira do Livro, SP, Brasil)

Furtado, Jorge
   As aventuras de Lucas Camacho Fernandez / Jorge Furtado. — 1ª ed. — São Paulo : Companhia das Letras, 2022.

   ISBN 978-65-5921-156-2

   1. Ficção brasileira I. Título.

22-127335   CDD-B869.3

Índice para catálogo sistemático:
1. Ficção : Literatura brasileira   B869.3

Cibele Maria Dias – Bibliotecária – CRB-8/9427

[2022]
Todos os direitos desta edição reservados à
EDITORA SCHWARCZ S.A.
Rua Bandeira Paulista, 702, cj. 32
04532-002 — São Paulo — SP
Telefone: (11) 3707-3500
www.companhiadasletras.com.br
www.blogdacompanhia.com.br
facebook.com/companhiadasletras
instagram.com/companhiadasletras
twitter.com/cialetras

AS AVENTURAS DE
LUCAS CAMACHO FERNANDEZ

A DAMA NEGRA

1

No início do mês de junho de 1607, três galeões ingleses, a serviço da Companhia Britânica das Índias Orientais, deixaram o porto de Plymouth para a sua terceira expedição à África, América e Ásia. Um dos navios, o *Consent*, tomou ventos em direção ao Brasil, mas o *Red Dragon* e o *Hector* enfrentaram uma prolongada calmaria e, para reabastecer e tratar doentes, aportaram em Freetown, na foz do rio Mitombo, em Serra Leoa, costa oeste da África. Carregados com água, peixe seco, sal, frutas, gengibre e pimenta, prontos para zarpar, assim permaneceram os dois navios por um mês, fundeados sob um sol inclemente, à espera de ventos. No convés do *Red Dragon*, o capitão William Keeling e seus oficiais, para afastar seus homens do ócio, dos jogos ilegais e do sono, encenavam *Hamlet*.

Em 3 de setembro, o capitão Keeling recebeu

a bordo o emissário e cunhado do rei Buré, um guerreiro coberto de tatuagens, de dentes serrados e com um anel de marfim no nariz, que o convidou para caçar elefantes. O convite foi feito por um jovem intérprete, mais tarde descrito pelo capitão em seu diário como "um negro chamado Lucas Fernandez, que falava português muito bem, um cristão capaz de argumentar bem em defesa de sua fé, fluente em português, espanhol, francês, inglês e temne", o dialeto local. O convite foi aceito e, ao amanhecer do dia seguinte, acompanhado de dois oficiais e três soldados, o capitão Keeling juntou-se em terra ao rei Buré e sua comitiva, cerca de quarenta homens, guias, caçadores, carregadores e quatro esposas do rei.

O grupo partiu em busca de elefantes por uma trilha estreita que acompanha a margem norte do rio Mitombo, costeando o Cabo dos Leopardos. Os soldados iam armados com espingardas longas, sabres e punhais. O capitão Keeling, ao invés do sabre, levava sua espada rapieira, longa e pontiaguda, com um guarda-mão ricamente forjado em aço. A arma do rei Buré, um pesado mosquete, era carregada por um de seus homens e, para ser disparada, tinha que ser apoiada no chão com uma forquilha. Os caçadores portavam lanças, arcos, flechas e alguns facões de ferro com cabos de madeira envoltos em cordas. O cunhado do rei mostrou aos ingleses, com orgulho, uma antiga pistola que dizia ter ganho de um navegador francês. O capitão Keeling comentou que a arma não haveria de ser muito útil numa caçada de elefantes. Lucas concordou, mas não traduziu a observação, comentando com Keeling, em inglês perfeito, que os elefantes estavam seguros, o cunhado do rei tinha uma péssima mira.

Para não espantar a caça, o grupo caminhava contra o vento e no maior silêncio possível. Caía uma chuva fina, as esposas do rei fechavam a expedição protegidas com guarda-chuvas de palha trançada decorados com sementes coloridas. Andaram por cerca de duas horas até um guia, que ponteava o grupo, fazer sinal para que parassem. Lucas, em voz baixa, comunicou ao capitão que um elefante fora avistado na margem do rio. Por honras protocolares, cabia ao rei Buré o primeiro tiro. Keeling preparou a pólvora e a bucha para carregar sua espingarda, mas desistiu de atirar quando viu que o elefante era apenas um filhote bebendo num braço do rio e chapinhando na água cristalina entre ninfeias, cigarras e borboletas. A beleza da cena e a juventude da presa não intimidaram o rei Buré que, carregando seu mosquete, mirou a cabeça do animal e apertou o gatilho.

Um estrondo encheu a floresta, pássaros debandaram em algazarra. O filhote, atingido no pescoço, deu um grito medonho e, sangrando, correu para a mata, perseguido pelos caçadores com suas lanças. Lucas então gritou alguma coisa que deteve os guerreiros. Buré, seu cunhado e o guia discutiram por algum tempo até que o rei, desapontado, resmungando, fez sinal para que seguissem a caminhada.

Andaram por mais algumas horas, mas logo anoiteceu e tiveram que voltar, sem encontrar outros elefantes. Para não regressar ao litoral de mãos vazias, os guerreiros caçaram um porco-do-mato e, na primeira clareira que encontraram, fizeram fogo e trincharam o animal, separando primeiro as orelhas. Cortaram espádua e perna, levantaram a pele e o partiram em pedaços que, assados em espetos de pau, serviram a todos. O capitão Keeling experimentou um pedaço que lhe foi oferecido, achou de sabor agradável, mas por demais gorduroso, e jogou o resto ao fogo, ao que o rei Buré protestou com veemência. Lucas esclareceu ao capitão que, na opinião do rei, aquela era a melhor parte do porco.

No caminho de volta ao porto, Keeling perguntou a Lucas o que dissera aos guerreiros para que desistissem da caçada ao filhote.

— Eu disse que era uma fêmea. Dá má sorte matar fêmeas jovens.

— Eu vi muito bem, disse o capitão Keeling. Era um macho.

— Eu sei. Eu menti. Fiquei com pena do animal.

Keeling perguntou a ele o que um sujeito com a sua formação, fluente em tantas línguas, estava fazendo no meio da selva. Lucas contou que deixou a Ilha da Madeira embarcado, como intérprete, num navio de comerciantes portugueses. Pretendia chegar ao Brasil, mas pediu para ser deixado no primeiro porto quando soube que o navio transportaria homens e mulheres escravizados na África.

Ao se despedirem, o capitão convidou o rei Buré para visitar o *Red Dragon* no dia seguinte. O convite foi aceito e o rei, suas quatro esposas, dois guerreiros e o intérprete foram buscados em terra por um escaler de oito remos e recebidos a bordo do navio. O capitão Keeling informou que o galeão tinha trinta e oito canhões e que, antes de ter sido batizado em honra do herói naval Francis Drake, combatera piratas portugueses e espanhóis nos mares das Caraíbas e no Golfo do México, com o nome de *Scourge of Malice*, Flagelo da Maldade. O rei Buré disse nunca ter visto um dragão vermelho, que gostava mais do nome anterior, e encheu o capitão Keeling de perguntas que Lucas esforçava-se em verter ao português e ao temne. Buré parecia especialmente interessado nos armamentos de bordo e perguntou ao capitão, uma vez que ele possuía trinta e oito canhões, se podia presenteá-lo com um dos menores, de proa. Keeling respondeu ser impossível, o armamento era de propriedade de sua majestade britânica, o rei Jaime i.

Buré pareceu bastante irritado e disse algo sobre o rei Jaime I e seus canhões que Lucas preferiu não traduzir.

No almoço foram servidos sopa juliana, presunto à inglesa com vinho madeira, peru estufado com frutas, acompanhado de um vinho siciliano que o rei e suas esposas beberam como água. Keeling percebeu que uma das esposas havia escondido uma garrafa sob o vestido, mas preferiu não comentar. Depois do almoço, Keeling anunciou que ele e seus oficiais iriam encenar trechos de uma peça inglesa e perguntou a Lucas se poderia traduzi-la ao rei e à sua comitiva.

— De que trata?

— A trágica história de Hamlet, Príncipe da Dinamarca. Conhece?

Lucas disse que sim, conhecia bem a peça. Keeling pediu a ele que informasse ao rei que o autor, William Shakespeare, e seus Homens do Rei, estavam no momento em cartaz em Londres, com o drama *Péricles, príncipe de Tiro*, cujo cenário imitava um galeão exatamente como aquele, montado no palco. Ele assistira à peça poucos dias antes de partir, no teatro Globe, um grande sucesso de público, o maior do autor, desde *Hamlet*, a peça que encenariam agora.

O capitão Keeling fez o papel do príncipe com muita energia, mas a peça não chegou ao final. As esposas do rei acharam muito engraçado que os marinheiros representassem as mulheres, com voz fina e pedaços de velas enrolados na cintura, fazendo as vezes de saias. O rei interrompia toda hora com perguntas, não tinha ideia do que era um castelo ou o que fosse o inverno, e foi impossível a Lucas fazê-lo entender o que era o gelo. Uma das esposas disse não compreender por que Hamlet, um príncipe e exímio guerreiro, não vingara imediatamente a morte do pai ao ser informado, pelo fantasma, que o tio usurpador era o assassino, afinal todos sabem que fantasmas não mentem. Lucas não soube explicar o motivo da hesitação de Hamlet, e Buré, antes do fim do terceiro ato, alertou que a noite estava chegando e queria caçar elefantes.

O capitão Keeling registrou os acontecimentos no seu diário de bordo.

5 de setembro de 1607. O rei Buré e sua comitiva estiveram a bordo, onde nós apresentamos a tragédia de *Hamlet* e, na parte da tarde, fomos todos juntos a terra, para ver se podíamos caçar um elefante. Acertamos sete ou oito balas nele, o que o fez sangrar abundantemente, como foi possível ver em seus rastros, mas a noite se aproximava e regressamos ao navio, sem atingir nossos propósitos.

No fim do dia, depois de mais uma caçada infrutífera, Lucas pediu ao capitão Keeling para ir a bordo do *Red Dragon* para ver sua biblioteca, já há algum tempo não tinha contato com livros. O capitão Keeling garantiu que seria um prazer e convidou Lucas para jantar a bordo. Antes de comer, Lucas folheou alguns livros da biblioteca, encontrou entre eles os *Ensaios*, de Montaigne, em recente edição inglesa. Fechou o exemplar ao observar um escudo na parede representando um dragão vermelho de garras afiadas. Keeling disse tratar-se do escudo do capitão Francis Drake, grande herói naval da Inglaterra e patrono do navio. Lucas conhecia muito bem o escudo e a história de Drake, "El Dragón", como o chamavam seus inimigos espanhóis, a quem combateu ferozmente até a morte, em janeiro de 1596. Comeram bacalhau seco refogado com palmito e tomaram vinho.

Ao final do jantar, Lucas pediu permissão ao capitão Keeling para seguir viagem com ele ao Brasil. Declarou-se disposto a dormir no porão e a trazer seus próprios mantimentos. Keeling, surpreso com o pedido, argumentou que infelizmente era impossível. O *Red Dragon* e o *Hector* estavam lotados de mercadorias, a tripulação completa, o alimento e a água rigidamente racionados para a longa travessia do Atlântico e, ademais, a presença de estrangeiros a bordo dos navios de sua majestade deveria ser autorizada em ofício assinado pelo Alto Comissariado Naval, em Plymouth. Mesmo que um pedido fosse feito por algum navio que deixasse o porto de Freetown com destino à Inglaterra, antes que a autorização lá chegasse o *Red Dragon* já estaria no Brasil. As nuvens no horizonte e as andorinhas indicavam que o vento nordeste finalmente estava chegando. Keeling esperava baixar velas e partir no máximo em dois dias.

Lucas agradeceu a consideração do capitão e garantiu entender os seus receios. Sabia que os portos estavam cheios de espiões, capazes de conseguir altas somas por rotas de navegação e mapas roubados, mas garantiu que, apesar de ter vivido alguns anos na ilha portuguesa da Madeira, era nascido e criado em Londres. E, embora não tivesse consigo nenhum documento para comprovar sua afirmação, já que todos foram perdidos num incêndio havia cerca de dois anos, era inglês e súdito do rei Jaime. Lucas entregou a Keeling um volume de papel encadernado em couro. Pediu ao capitão que, se os ventos o mantivessem em Freetown por mais um dia ou dois, lesse o relato e tirasse suas próprias conclusões.

— Leia e saberá os motivos que me levam ao Brasil. Estou certo de que, ao final da leitura, o capitão concluirá que, apesar de minhas roupas, da cor de minha pele e do lugar onde me encontrou, ninguém pode ser mais inglês que eu.

Com a promessa de ter seu caderno devolvido antes da partida, Lucas se despediu, agradeceu o jantar e voltou a terra firme no início da noite. Soprava uma brisa morna do continente quando o bote deixou o navio. Uma grande lua amarela, quase cheia, iluminava as águas da baía.

O capitão Keeling havia simpatizado com Lucas Fernandez desde que ele salvara o filhote ferido e estava profundamente admirado que um jovem negro, com pouco mais de vinte anos, vivendo em terras tão selvagens, se expressasse em inglês corretíssimo e demonstrasse bom senso e bons conhecimentos de teatro, literatura e história. Keeling decidiu terminar a garrafa de vinho e ler, em sua poltrona, ao menos o início do texto, escrito em letra clara e bem traçada.

2

Meu nome é Lucas Camacho Fernandez, nascido em Londres, em 9 de junho de 1585. Meu pai, Nicolau Camacho Fernandez, cristão-novo, comerciante, nascido na vila de Caniço, Ilha da Madeira, território português, não é de fato o meu pai, mas eu o tratei como tal desde a infância, com respeito e admiração, pois me deu seu nome e sempre me considerou seu filho legítimo. Minha mãe, Luci Camacho Fernandez, nascida em data incerta na cidade de Ifé, no Império de Oyo, no sudoeste da África, fez residência em Clerkenwell, subúrbio de Londres, em 1578, e lá viveu por vinte e cinco anos, até sua morte. Foi batizada na Inglaterra com o nome cristão de Luci, pelo qual foi conhecida e que está gravado em sua lápide, mas seus pais a chamaram de Okun, que em iorubá significa "do mar", já que fora concebida em viagem que fizeram ao litoral.

Meu pai, por dever da profissão, passava longos períodos em viagens de negócios. Ele prosperou e nos manteve em Londres, em conforto e segurança, fazendo a rota entre a Madeira e a Inglaterra no comércio de açúcar e vinhos. Criei-me na companhia de minha mãe, que me alfabetizou e me transmitiu sua paixão pelos livros, e ouvia suas histórias de naufrágios, piratas, batalhas em terras distantes, contos orientais povoados de monstros, guerreiros, princesas e sortilégios. Ela me ninava com canções de sua terra, *"L'abe igi orombo, l'abe igi orombo…"* ["Embaixo da laranjeira…"].

Eu ainda era uma criança quando minha mãe me levou a uma encenação de *Sonho de uma noite de verão*, fantasia delirante e sensual, repleta de monstros e fadas, que inaugurou minha paixão pelo teatro. Ela teve uma morte tranquila, há quatro anos, enquanto eu segurava sua mão, cercada de amigos e afeto. Foi em seu quarto, poucos dias antes de morrer, que me fez o pedido que, para ser realizado como pretendo, me força a viajar ao Brasil.

Minha mãe nasceu numa família iorubá de posses, de comerciantes e agricultores. Seu pai e avós, e os avós dos seus avós, plantavam gengibre, cacau e pimenta, que rendiam bons lucros se conseguissem chegar às cidades costeiras do Atlântico. As expedições, carregadas com grandes cestos de vime transportados no lombo dos muares ou nas costas dos carregadores, levavam quase dois meses para atravessar Daomé, Togo, Gana e Costa do Marfim, uma viagem penosa e cheia de perigos. Os produtos eram comercializados nos portos de Dacar, no Senegal, Bissau, na Guiné Portuguesa, ou aqui mesmo em Freetown, onde aportavam os europeus que retornavam das Índias ou das Américas. Aos dezessete anos, ela acompanhou os pais numa dessas viagens, com destino à Universidade de Sancoré, em Tombuctu, no Mali, onde iria continuar seus estudos. Foi nessa viagem, a primeira em que deixava seu país, que ela foi presa e escravizada.

No quarto dia de viagem a expedição acampou nas margens do rio Afran, em Gana. Minha mãe adormeceu lendo em sua tenda e acordou com os gritos de um carregador, transpassado por uma espada. Levantou e viu-se cercada de homens brancos, pardos e pretos, em grande número, com roupas de pano e couro, cobertos de pelos, armados com espadas de aço e pistolas. Eram traficantes de escravos e gritavam numa língua incompreensível que, mais tarde, ela descobriu ser o português. Os homens da expedição que tentaram reagir ao ataque foram subjugados com violência e extrema crueldade. Ela viu dois, um deles seu primo, morrerem sob o fio da espada. Seu irmão, Kalu, que tentou desarmar um europeu, foi golpeado na cabeça e caiu, desfalecido. Seu pai, meu avô, foi subjugado, açoitado e algemado com correntes de ferro. Minha avó tentou defender o marido dos açoites, mordeu o rosto de um português e foi esfaqueada pelas costas com uma adaga. Ao cair, de joelhos, teve o pescoço cortado por uma espada e tombou morta, sob o olhar do marido e da filha. Kalu acordou e também foi algemado, e só então soube que a mãe fora brutalmente assassinada. Minha mãe, que chorava, agarrada ao corpo de minha avó, foi erguida por dois homens que imediatamente a despiram e a examinaram antes de decidirem acorrentá-la. Todos os sobreviventes, menos uma criança que ainda não podia andar, foram arrastados pelos portugueses, que carregaram também os animais e as mercadorias. Minha mãe dizia sonhar frequentemente com a sua última visão do acampamento: o bebê sentado na grama, em silêncio, e o corpo de sua mãe no chão, junto ao fogo.

Minha mãe, seu irmão, seu pai e cerca de trinta homens e mulheres, acorrentados e quase nus, caminharam por dez dias pela selva até a Costa dos Escravos, na baía de Benin. Durante o trajeto, alimentaram-se apenas das frutas e raízes que conseguiram apanhar e mal receberam água. Os que caíam de cansaço, com os pés descalços e feridos, ou os que se recusavam a prosseguir, eram chicoteados até que retomassem a caminhada. Dois homens e uma mulher tentaram fugir; ela foi morta com um tiro de mosquete e os homens foram capturados e espancados.

Quando chegaram à praia ao amanhecer, onde já havia um grupo numeroso de acorrentados, homens, mulheres e crianças de diferentes nações, receberam pequenas porções de arroz cozido em cascas de coco. Os traficantes fizeram fogo e um deles, com um ferro em brasa, passou a marcar os presos como se fossem animais ou tampas de barril. Minha mãe foi marcada a ferro nas costas, sobre o ombro esquerdo, com a letra L, cicatriz que a acompanhou por toda a vida e que, segundo dizia e pude comprovar, a avisava sempre que ia chover.

Depois de marcados, os presos foram acorrentados uns aos outros, amarrados com cordas pelo pescoço e arrastados para um bote que os aguardava à beira-mar para serem levados ao navio ancorado na enseada. Os homens embarcaram primeiro, e minha mãe se despediu do pai e do irmão, certa de que os via pela última vez. Não sabia o que era um navio e não imaginava o que poderia ser. O bote que os levou cruzou a baía em segurança, vencendo a rebentação, mas, na segunda viagem, emborcou, virado por uma grande onda. Por estarem presos a correntes, todo o grupo, exceto um homem muito forte, se afogou, para o desespero dos traficantes que viram perdida parte de sua valiosa carga. O bote foi desvirado e voltou à praia, onde minha mãe e outras mulheres foram embarcadas. A caminho do navio cruzaram pelos afogados, ainda acorrentados, um colar de corpos carregado ao sabor das ondas. Ela não podia imaginar que horrores maiores a esperavam no navio.

Quando embarcaram, as mulheres foram jogadas, acorrentadas, no porão infecto tão baixo que não podiam ficar de pé, onde se apinhavam mais de trezentos escravizados. Minha mãe não viu o pai nem o irmão; mulheres e homens eram separados por um gradil de madeira. A tampa do porão foi fechada e os escravos ali permaneceram amontoados em silêncio por várias horas, sem que ninguém lhes desse atenção, até que o navio abriu velas e partiu para o alto-mar.

Ela nunca soube dizer quanto tempo ficou ali, os dias e as noites eram iguais. Foram alimentados somente com milho cozido, despejado de um balde na abertura do porão e, de vez em quando, recebiam um quartilho de água. No calor sufocante dos trópicos, os dejetos de homens, mulheres e animais embarcados, galinhas, porcos e cabras, fermentavam misturados aos restos de peixe que se acumulavam no porão, infestado de percevejos, pulgas e piolhos que transmitiam o tabardilho, doença que fazia inchar as axilas e provocava tosse, diarreia, icterícia e, quando em fase terminal, graves danos às faculdades mentais. Os que choravam, gritavam ou pediam comida recebiam, como castigo, a carne cortada com uma faca e sobre o corte lhe jogavam vinagre. Depois de alguns dias, o guerreiro sobrevivente ao naufrágio do bote ficou tão desesperado pela sede que tentou roubar a adaga do traficante que lhe servia água. Foi chicoteado, levado ao convés e nunca mais visto. Muitos morreram na viagem, e seus corpos apodreciam por vários dias, acorrentados aos vivos, antes de serem jogados ao mar.

Ao aportarem em Pernambuco, no Brasil, a tampa do porão foi aberta e os escravos foram levados em pequenos grupos ao convés. Antes de subir, minha mãe ouviu a voz do pai, que a chamava sussurrando junto à grade. Ficou feliz por um instante ao saber que ele estava vivo e conseguiu aproximar-se das grades e ter com ele. Estava muito magro, amarelado, tinha o rosto coberto de escaras. Ela perguntou pelo irmão, soube que também estava vivo. Meu avô tirou do punho uma velha pulseira trançada em couro, que havia recebido dos seus avós e usava desde então, e entregou a ela, pedindo que a guardasse e protegesse. Dentro do couro enegrecido pelo uso, ele garantiu, havia pedras preciosas, diamantes cristalinos de grande valor. Se ela conseguisse escapar com vida, que repartisse as pedras com o irmão, assim poderiam comprar sua liberdade. Meu avô foi erguido ao convés e ela colocou a pulseira, que lhe coube no braço. Logo chegou sua vez e, com outras mulheres, foi levada ao convés, onde ficou cega pelo sol, não visto havia muitas semanas.

No convés, os escravos foram lavados, alimentados e receberam água. Os gritos e as ameaças dos traficantes, brandindo seus chicotes, os mantinham perfilados em completa submissão e silêncio. Minha mãe avistou Kalu desfigurado pela fome, mas vivo, e sorriu para ele. O capitão português, um homem corpulento e barbudo, cujo odor e pestilência revelavam nunca em vida ter se banhado, aproximou-se dela, sorrindo, segurou seu queixo, pegou-a pelo braço e a arrastou em direção à cabine, provocando risos da tripulação. Foi então que meu avô, mesmo acorrentado, saltou da fila e agarrou o capitão pelo pescoço arrastando dois escravos que a ele estavam presos.

Foram precisos três homens fortes para soltar as mãos do meu avô, apertadas em torno do pescoço do português, que tombou afogueado e quase morto. Meu avô foi ferozmente espancado, chicoteado e contido, e caiu de joelhos. O capitão, assim que conseguiu se recompor e se erguer, sacou o punhal e cravou no pescoço de meu avô, matando-o imediatamente, sob o olhar aterrorizado dos filhos, que nada puderam fazer para impedir o assassinato. As correntes foram retiradas de seus pés e seu corpo jogado ao mar. O capitão parecia ter esquecido seus propósitos com minha mãe e alguém anunciou que os compradores estavam chegando.

Um grupo de fazendeiros e senhores de engenho veio a bordo num bote e examinou os escravos em detalhes. Os portugueses mandavam que abrissem a boca e mostrassem os dentes, que abrissem as pernas e os dedos, como que em busca de enfermidades, como se faz aos animais de criação. Um dos fazendeiros interessou-se por Kalu e negociou o preço. Quando o negócio foi fechado, meu tio foi solto das correntes, mas antes de ser levado, correu até minha mãe e eles se abraçaram, chorando, certos que se despediam para sempre. Ela, num gesto de grande ousadia e coragem, entregou ao irmão a pulseira do pai, sussurrando em seu ouvido:

— *Okuta iyebye. Omnira.* Pedras preciosas, liberdade.

Os portugueses os separaram à força, sob chicotadas, mas ela teve certeza de que Kalu entendeu. Ele guardou a pulseira, e a tinha no pulso a bordo do bote que o levou ao porto do Recife. Foi quando ela o viu pela última vez. Poucos escravos foram vendidos naquela parada, e minha mãe, de volta ao porão, estava agora completamente só.

O navio seguiu ao sul em mais duas semanas de viagem. Enfrentaram uma violenta tempestade tropical, que fazia o barco mergulhar nas profundezas entre paredes de ondas gigantes e logo erguer-se ao espaço, jogando a sua triste carga humana contra as grades do porão. Um escravo, muito doente e enfraquecido, teve a sua mão, presa nas correntes, arrancada num solavanco, e sangrou tanto que não resistiu; morreu e foi jogado ao mar assim que a tormenta amainou.

Quando aportaram na Bahia de São Salvador, mais uma vez os escravos foram levados ao convés, banhados e alimentados, um sinal de que haveria uma nova venda. Mas não houve. Os escravos já estavam perfilados quando uma fragata sem bandeira, que em nada lembrava uma chalupa de fazendeiros ou comerciantes, aproximou-se velozmente, com as velas baixas. Antes que o capitão e os traficantes pudessem esboçar qualquer reação, foram abalroados por uma embarcação repleta de guerreiros armados, piratas ingleses. Eles saltaram ao convés, iniciando uma batalha feroz e sangrenta que logo cessou com vários traficantes mortos ou que se lançaram ao mar para salvar a vida.

O capitão português, gravemente ferido por um tiro de pistola na perna, foi levado à presença do chefe dos piratas ingleses, um homem alto e forte que o encarou em silêncio. O português, contido pelos piratas, praguejando e gritando, cuspiu no rosto do inglês, que apenas fechou os olhos e mal se moveu. O inglês limpou o rosto na manga do casaco e, sacando um machado da cintura, desferiu um golpe único e certeiro na testa do português e rachou seu crânio ao meio. Minha mãe, que assistia a tudo, dizia lembrar desse momento como um êxtase, uma profunda alegria, sufocada na garganta depois de meses de humilhação e dor, e então chorou de felicidade. O chefe dos piratas recolheu o machado que ficara preso na cabeça do capitão português, limpou a lâmina na roupa do morto e guardou a arma na cintura. Esse inglês, que partiu ao meio a cabeça do assassino de meus avós, era Francis Drake.

3

Já era noite quando o capitão William Keeling foi interrompido em sua leitura. Seu imediato informava que o vento nordeste soprava cada vez mais forte e, se assim fossem as ordens, poderiam levantar ferros ao amanhecer e partir para o Brasil. O capitão pediu que ele aguardasse por suas ordens e deixasse a tripulação descansar. Terminaria a leitura e decidiria o que fazer antes do amanhecer.

Keeling, a essa altura, cogitou que o relato de Lucas fosse apenas o fruto de uma imaginação muito fértil; as datas, nomes e lugares, pareciam inúteis precisões de quem mente. A chegada de Francis Drake à história o fez pensar se Lucas não inventara tudo aquilo apenas no intento de embarcar para o Brasil. Qualquer espião esperto poderia estudar a vida de Sir Francis, seus feitos circulavam em panfletos fantasiosos, ele era uma celebridade, uma lenda.

Keeling examinou o papel, a tinta era recente, o relato poderia ter sido escrito nas últimas semanas. Lucas poderia ter sabido, há mais de um mês, que o *Red Dragon* tinha esse nome em homenagem ao pirata que se tornou um grande herói naval e talvez tenha escrito a história apenas para impressionar algum ingênuo capitão inglês. Keeling retrocedeu algumas páginas no relato e fez as contas: se sua mãe, como afirmava, viveu vinte e cinco anos em Londres e faleceu há quatro, fora escravizada na África havia cerca de trinta anos, na década de 1570. Keeling conhecia a história de Drake, mas para ter certeza de que era possível que ele andasse pelo Brasil na época, largou sobre a mesa o caderno e alcançou um volume de sua biblioteca, *As grandes navegações, viagens e descobrimentos ingleses*, escrito pelo pastor Richard Hakluyt.

Francis Drake nasceu em Tavistock em 1540 e boatos diziam que era filho bastardo da rainha Elizabeth. Ainda criança, passava muitas horas conversando com os marinheiros no porto por gostar de ouvir suas histórias de batalhas e naufrágios. Aos dezoito anos tinha o próprio navio, era exímio marinheiro e um soldado implacável, e embarcou na companhia de John Hawkins, seu primo e grande amigo. Já em sua primeira viagem, a bordo do *Swallow*, enfrentou uma grande tempestade e o ataque de espanhóis, a quem jurou vingança. Dez anos depois, em 1568, Drake partiu com seis navios para a América, para atacar e roubar a carga dos navios espanhóis e portugueses. A história de Lucas poderia, portanto, ser verdadeira. Keeling decidiu voltar ao relato antes de tomar qualquer decisão.

4

O capitão Drake manteve a bordo um contramestre português que, para poupar a vida, ajudou os ingleses a baixar velas e zarpar rumo ao norte. De volta aos ferros e ao porão imundo, o sofrimento de minha mãe prosseguiu por muitos dias até chegarem a Santo Domingos onde foram lavados, alimentados e cobertas suas vergonhas com panos. Assim, foram desembarcados, acorrentados e perfilados no porto. Minha mãe guardou na lembrança o seu espanto ao ver as altas paredes de pedra do forte e a torre da igreja, cercada de poucas casas de adobe e armazéns de madeira.

Três grandes navios, dois de bandeira espanhola e um de bandeira inglesa, estavam ancorados em Santo Domingos e os soldados, marinheiros e comerciantes locais juntaram-se para examinar a carga de escravizados recém-chegados da África. Todos foram negociados. Um soldado espanhol, de elevada patente e espada na cintura, quis comprar minha mãe, mas logo um comerciante local, ricamente vestido, de chapéu de palha branca e veludo, suando sob o sol do Equador, também se interessou por ela. O traficante inglês que negociava as vendas argumentava com um e com outro, e os espanhóis pareciam disputar sua posse, chegando a elevar o tom de voz, a ponto de ela pensar que se engalfinhariam. Então o capitão Drake aproximou-se e informou que aquela escrava não estava à venda, pois já tinha comprador em Londres. Os espanhóis não pareceram satisfeitos com a negativa; o soldado chegou a levar a mão ao cabo da espada, mas foi informado, por um dos locais, que aquele era "El Dragón", cuja fama já corria os mares. Drake já estivera muitas vezes na América: os relatos de José Arcadio Buendía davam conta que, na antiga cidade de Riohacha, na Colômbia, "Francis Drake era dado ao esporte de caçar jacarés a tiros de canhão. Os bichos eram depois remendados, recheados de palha e mandados para a rainha Elizabeth". Drake era um soldado feroz, implacável e sanguinário, que matava seus inimigos sem piedade. Os espanhóis, que estavam cientes disso, se desculparam por suas palavras e minha mãe não os viu mais. Drake mandou que ela fosse levada de volta ao navio, em seu escaler.

No convés minha mãe percebeu estar em outro navio, o *Marigold*, comandado pelo capitão John Hawkins. Ela já se encaminhava para o porão, mas foi detida, o navio não transportava carga humana. Drake mandou que ela recebesse água e comida e que ficasse sob o tombadilho, sem correntes. A partir de então sua vida mudou. Dormir no chão, mesmo sob a chuva intensa das tempestades tropicais, era um luxo se comparado ao porão dos escravos. A ausência das correntes, que pesaram em seus pés e suas mãos desde a selva onde começou seu martírio, lhe dava uma leveza que chegou a confundir com felicidade. Já estavam em alto-mar, navegando para o leste, quando Drake se aproximou e disse algo, que ela nada entendeu. Ele apontou a letra L marcada a ferro em seu ombro e disse:

— Luci.

Muito tempo depois ela entenderia que aquilo era uma cerimônia de batismo. Okun, a que veio do mar, não existia mais. Por toda vida o capitão Francis Drake a chamou pelo nome que para ela havia escolhido.

Depois de alguns dias aportaram no forte de San Juan de Ulúa, no sul do México, onde os esperavam outros cinco navios ingleses. Drake levou-a a bordo do *Pelican*, um navio de cem toneladas e dezoito canhões, e a instalou numa cabine onde ela dormiu pela primeira vez num colchão, com lençóis e travesseiro, e comeu galinha assada, que seria seu prato preferido para sempre.

Quase todos dormiam quando foram atacados pela Armada de dom Martín Enríquez, vice-rei do México. Embora o porto de San Juan de Ulúa fosse território livre, os espanhóis traíram o acordo e atacaram a esquadra inglesa com quatro galeões fortemente armados. O que se seguiu foi uma batalha tremenda e, com o navio ardendo em chamas, minha mãe viu-se nas mãos daquele mesmo soldado espanhol que tentara comprá-la em Santo Domingos. Foi então que Drake surgiu entre a fumaça e as chamas e desferiu um violento golpe de sabre que, por pouco, não arranca o braço do espanhol, que caiu, fora de combate. Drake não tinha o hábito de deixar feridos e traspassou seu peito com uma adaga, abreviando o sofrimento, e então arrastou minha mãe até outro navio, o *Swallow*, entre tiros de canhões e pistolas. Conseguiu abrir velas enquanto seus homens respondiam ao fogo. O *Swallow* ganhou mar, já em distância segura, deixando no porto quatro navios em chamas e mais de quinhentos mortos. Os poucos sobreviventes ingleses, Drake soube depois, foram mandados para Madri, julgados pela Sagrada Inquisição, torturados e executados em praça pública.

Em 3 de março de 1577, para reabastecer água e mantimentos antes de cruzar o Atlântico, o *Swallow* ancorou na Ilha da Quaresma, um antigo entreposto do comércio de pau-brasil português que fora abandonado depois de excessivos ataques. Para a alegria do capitão e de sua tripulação, ali foram alcançados pelo *Marigold*. O capitão Hawkins também conseguira salvar seu navio da fúria dos espanhóis. Drake decidiu desembarcar com seus homens e convidou Luci para acompanhá-lo. Era uma pequena praia de águas azuis protegida por uma alta parede de pedra, coberta de plantas e flores, onde pássaros voejavam protegendo seus ninhos dos lagartos. Os ingleses encheram barris no fio de água cristalina que corria das pedras e estavam prontos para voltar ao navio, mas Drake decidiu ficar e fez sinal para que ela também ficasse. Depois de os marinheiros partirem, eles estavam sós, na ilha deserta.

Banharam-se nas águas cristalinas e ela, ao mergulhar, descobriu que estavam cercados de cardumes coloridos. Uma grande tartaruga passou junto aos seus pés e um bando de golfinhos saltadores cruzou a baía, o que a fez rir alto pela primeira vez em muitos meses, para a diversão de Drake. A Ilha da Quaresma, uma curiosa formação vulcânica coberta de densa floresta, louros e magnólias, diziam, era encantada. Ali viviam espíritos brincalhões e, em épocas remotas, selvagens canibais. A noite chegava, trazendo uma grande lua, e Drake armou uma fogueira e assou alguns peixes. Comeram em silêncio, à luz do fogo. Foi ali, como ela mesma me contou, que perdeu sua inocência.

Sempre achei curioso que minha mãe se referisse à perda de sua virgindade nesses termos. Afinal, que inocência poderia preservar uma jovem que viu os pais serem brutalmente assassinados, o irmão vendido como escravo, os amigos chicoteados e amontoados num porão entre dejetos, agonizando até a morte? Que teve seu corpo marcado a ferro em brasa, seus pés e suas mãos presos em correntes? O fato é que, apesar de tudo, naquela noite ela dormiu feliz, sob as estrelas de uma ilha tropical, no meio do Atlântico. O capitão Francis Drake, com o corpo marcado pelas cicatrizes de muitas lutas, dormia como um menino na areia branca enquanto ela observava o céu e suas muitas estrelas desconhecidas. Ela tinha certeza de que seu pai e sua mãe estavam entre elas e a protegiam, e só por isso ainda estava viva.

Passaram o dia seguinte passeando pela ilha. Drake mostrou a ela cavernas, florestas e praias com arraias gigantes, tartarugas e tubarões inofensivos. Foram buscados no fim da tarde. Seguiram a viagem de volta sem incidentes, até as primeiras ilhas dos Açores, onde reabasteceram e deixaram um marinheiro muito doente. Pouco antes de alcançarem Londres, Drake entregou a ela um vestido de veludo, pregueado e com mangas compridas como a moda da época, que ela vestiu com enorme desconforto. Os sapatos, que ela não conseguiu calçar de modo algum, foram trocados por sandálias de couro que, sob o vestido arrastando no chão, não podiam ser vistas.

Chegaram a Londres numa manhã quente de verão e a primeira lembrança que minha mãe guardou da cidade foi o seu cheiro quase insuportável. Londres tinha duzentos mil habitantes, com esgoto correndo a céu aberto ou jogado nos jardins, curtumes fumegantes, mercados de carne, peixe e frutas que deixavam rastros de dejetos, cães e gatos mortos apodrecendo nas ruas e muitos, muitos ratos. Ela desembarcou, tonta pela imobilidade do chão depois de meses a bordo, e a primeira coisa que fez na Inglaterra foi vomitar nas pedras do porto. Pediu água, mas água potável era raridade e Drake ofereceu uma caneca de cerveja, que ela bebeu pela primeira vez e detestou para sempre. Caminharam pelas ruas enlameadas, e Luci olhava com assombro as fachadas dos palácios, dos prédios de três, quatro andares, os cavalos encilhados, as carroças e as centenas de pessoas falando, carregando objetos e vestindo roupas que jamais vira. Ficou especialmente interessada nas roupas das mulheres e interrompeu o andar de duas senhoras para tocar-lhes os chapéus.

Uma mulher jovem, bonita e preta chamava muita atenção, ainda mais vestida de veludo e rendas, de braços dados com o capitão Drake. Era um acontecimento e todos nas ruas de City paravam para vê-los. Drake era casado, uma união arranjada como todas, e não era esperado que os maridos em tais casamentos fossem fiéis, mas sua esposa, Mary, era irmã de um de seus companheiros de navio, Harry Newman. Além disso, Drake estava no mar havia mais de um ano, e não seria de bom-tom que ela soubesse de sua volta por comentários de estranhos, e que chegara acompanhado de uma noiva africana.

Tomaram uma carruagem, para novos espantos de minha mãe, e seguiram até Clerkenwell, fora dos muros da cidade e longe dos seus puritanos. As ruas do distrito eram apinhadas de trabalhadores, comerciantes, funcionários, que se misturavam aos pedintes, desocupados e às prostitutas e crianças pelas calçadas, com carroças e cavalos cruzando as ruas, tudo isso embalado numa miríade de vozes, gritos, martelos dos ferreiros, choro de bebês e latidos dos cães.

Desceram da carruagem em frente a um sobrado largo de três andares em Whitecross Street e foram recebidos na porta por um criado que Drake chamou pelo nome, Boult, mandando que carregasse um baú de madeira e que o guardasse com sua vida. Entraram na casa, onde as surpresas prosseguiram: lamparinas de óleo de baleia, cristais, talheres de prata, cenas campestres nas paredes, maçanetas de cobre e escadas cobertas com tapetes coloridos. Foi por uma delas que desceu madame Elizabeth Holland, usando um luminoso batom vermelho, coberta de joias, os cabelos armados e adornados com pérolas, unhas longas pintadas, equilibrando-se em sapatos dourados — uma mulher deslumbrante que seria amiga de minha mãe até sua morte, minha madrinha, que eu sempre chamei de tia Bess. Ela comandava com mão de ferro a mais respeitável casa de prostituição de Clerkenwell, frequentada por grandes homens da City, financistas, burocratas, juízes, militares, e mesmo alguns nobres que buscavam a companhia de mulheres de alta classe, apenas para jantar, pela fortuna de vinte libras, não incluindo no valor qualquer outra atividade, que poderia ser acordada, e geralmente era, em troca de presentes ou outras remunerações.

Drake beijou sua mão, e ela, em seguida, bateu nele com um leque e o recriminou por tão longa ausência, o que fez minha mãe pensar que deviam ter grande intimidade. Madame Bess examinou-a com vívido interesse e evidente admiração. Drake ordenou que ela fosse acomodada no melhor quarto da casa, e depois de Boult trazer o baú, de onde tirou peças de seda da China, caxemira da Índia, rendas de Portugal, veludos da Espanha, que com elas fossem confeccionados os mais belos vestidos para minha mãe. Presenteou madame Bess com uma belíssima joia e uma peça de seda e entregou a ela dois pesados sacos com dobrões de ouro e prata que poderiam sustentar a casa inteira por cinco anos. Em tom grave e severo, que precedia ordens que o bom senso mandava obedecer sem questionar, Drake avisou madame Bess:

— Luci é minha. E só minha. Não esqueça.

Drake despediu-se de minha mãe prometendo voltar assim que pudesse.

— Vou matar alguns espanhóis.

Ele só retornaria três anos depois.

5

Nos três anos seguintes Francis Drake se tornaria o primeiro inglês a dar a volta ao mundo. A rainha Elizabeth ordenou que ele partisse para o Pacífico na caça de espanhóis, tarefa que desempenhou com brilhantismo muito acima do esperado. Em 15 de novembro de 1577, Drake partiu da Inglaterra a bordo do *Pelican* acompanhado de mais cinco navios. Descendo sempre ao sul, cruzaram a Patagônia pelo Estreito de Magalhães, esgueirando-se por desfiladeiros de gelo. Um de seus melhores amigos, Thomas Doughty, temendo pela vida da tripulação ameaçada pelo frio, pela fome e pelos grandes blocos que se desprendiam das geleiras, amotinou-se, pretendendo desistir da empreitada e voltar para casa. Foi executado sem piedade pelo próprio Drake, que cortou sua cabeça e a ergueu, mostrando à tripulação qual o destino dos covardes e dos traidores.

O oceano Pacífico recebeu este nome porque era possível navegar em suas águas a salvo dos piratas, tranquilidade cessada em setembro de 1578. Por se sentirem a salvo, os portos e as embarcações na costa americana do Pacífico eram pouco protegidos, tornando-se alvos fáceis para os ferozes guerreiros ingleses. Drake rebatizou o *Pelican* por *Golden Hind*, Corça Dourada, e seguiu para o Norte, ao longo da costa, atacando e destruindo portos e navios espanhóis, pilhando cidades e seus tesouros, e obtendo mapas que lhe permitiam navegar e atacar cada vez com mais precisão.

Foi a bordo do *Golden Hind* que Drake descobriu a ilha a qual deu o nome de Elizabeth, e onde um dos navios, o *Mary*, foi queimado devido à sua madeira apodrecida. Na ilha Mocha, na costa chilena, ele foi gravemente ferido pelas flechas dos nativos Mapuche, mas recuperou-se a tempo de saquear Valparaíso e capturar um navio com trinta e sete mil ducados em moeda espanhola e vinte e cinco mil pesos de ouro.

Em 1º de março de 1579, próximo ao porto de

Esmeraldas, no Equador, Drake e seus homens avistaram o grande galeão espanhol *Nuestra Señora de la Concepción*, um navio de cento e vinte toneladas apelidado de "Cacafuegos", caga fogos, por causa de seus muitos canhões. Este encontro mudaria sua vida para sempre.

Enquanto Francis Drake e seus homens descobriam ilhas no Pacífico e enfrentavam espanhóis, minha mãe, a quem todos em Clerkenwell chamavam de Luci Negra, a intocável amante do temível capitão Francis Drake, aprendia inglês e os mistérios da civilização europeia. Tia Bess cumpriu à risca as ordens de Drake e a vestiu com peças deslumbrantes confeccionadas pelos melhores modistas de Londres. Quando elas passavam, seguidas pelos criados que carregavam suas compras, eram cortejadas por cavalheiros respeitosos, invejadas pelas mulheres e bajuladas pelos comerciantes.

Quando minha mãe já dominava com certa fluência o idioma, tia Bess a levou para assistir à pastoral de George Peele, *O julgamento de Páris*, apresentada pela Children of the Chapel. Ela estava mais bela que nunca, mas nem percebeu os olhares de admiração, inveja ou desprezo, maravilhada pelas vozes, as rimas, os cenários, os figurinos, as luzes e a música do teatro.

Na peça, como na mitologia, Júpiter ordena ao pastor Páris que tome a delicada decisão de escolher a mais bela entre as deusas Juno, Atenas ou Vênus para ser a merecedora de uma maçã de ouro ofertada por Éris, deusa da discórdia. Juno promete a Páris que, se for a escolhida, lhe dará como recompensa todo poder e riqueza do mundo. Atenas lhe oferece toda sabedoria e conhecimento. Vênus, a última a falar, promete ao pastor, como esposa, Helena, a mais bela das mortais. Na mitologia, esta foi a escolha de Páris e causa da Guerra de Troia. Na peça de Peele, Páris não escolhe nenhuma das deusas e entrega a maçã a uma ninfa chamada Eliza, uma clara alusão e homenagem à rainha inglesa.

Luci maravilhou-se pelo poder do teatro, cuja capacidade de resolver conflitos com mais sabedoria que os deuses, poderia impedir guerras sangrentas e abrir os olhos e o coração dos homens. O teatro seria, desse dia em diante, sua nova e única religião.

Drake avistou o *Cacafuegos* no horizonte ao

amanhecer — ambos viajavam para o norte. Menor e mais veloz, o *Golden Hind* se aproximava mais rápido do pesado galeão espanhol que o capitão desejaria, pois só queria encontrá-lo ao anoitecer. Para retardar a marcha, mandou que seus homens amarrassem na popa barris de vinho vazios e os lançassem ao mar, servindo assim de lastro ao *Golden Hind*, que seguiu o inimigo durante o dia todo, em distância segura, aproximando-se aos poucos. O artifício deu tempo para que Drake e seus homens disfarçassem o navio como um veleiro de comércio, cobrindo canhões e trazendo para o convés parte da carga que levavam no porão. O sol estava se pondo quando o *Golden Hind* alcançou o *Cacafuegos*, postou-se ao seu lado e, sem qualquer aviso, abriu fogo, partindo ao meio, logo nos primeiros tiros, o mastro principal do galeão. O capitão espanhol, San Juan de Antón, recusou sua rendição e respondeu ao fogo, mas os piratas de Drake, com as cordas e os ganchos de abordagem, seus mosquetes e suas bestas, saltaram ao convés espanhol e a batalha logo foi vencida.

Drake ficou muito contente com o sucesso da operação e tratou os espanhóis capturados com rara gentileza. Convidou o capitão Antón e seus oficiais para jantar, entregou a eles um salvo--conduto e uma quantidade de dinheiro que lhes permitia voltar para casa em segurança e os desembarcou a salvo na primeira enseada. Drake seguiu com o *Cacafuegos* para praias seguras e, nos próximos seis dias, transferiu para bordo dos seus navios o tesouro espanhol: trinta e seis quilos de ouro, vinte e seis toneladas de prata, treze baús de joias e pedras preciosas, incluindo um grande crucifixo de ouro adornado com esmeraldas e diamantes.

Antes de retornarem para casa completando a volta ao mundo, ainda descobririam a costa oeste da América do Norte, terra da qual tomaram posse em nome da rainha em 17 de junho de 1579, batizando-a de New Albion.

Seguindo sempre a oeste, circundando o Japão, as Ilhas Molucas e a África, o *Golden Hind* chegou ao porto de Plymouth em 26 de setembro de 1580. Drake foi recebido por uma multidão como um grande herói. A rainha declarou que todos os relatos da viagem deveriam ser tratados como segredo de Estado e presenteou o capitão com uma joia com o seu retrato, honraria incomum para um plebeu. Além de famoso, respeitado e temido, Drake era agora um dos homens mais ricos da Inglaterra.

Minha mãe ficou sabendo de sua chegada, como todos na cidade, mas o reencontro só aconteceu um mês depois, quando um emissário bateu à porta de madame Bess e avisou que se preparassem. Luci foi banhada, maquiada e vestida com as suas mais belas roupas e joias e Drake chegou no início da noite, acompanhado de quatro soldados que se postaram à porta. Ela o recebeu com um sorriso e cumprimentou-o num inglês perfeito.

— Seja bem-vindo, capitão Drake.

Ele, que a viu pela última vez havia três anos, debilitada pela fome e por meses de escravidão, ficou pasmo com a sua beleza. Boult ajudou o capitão a carregar suas armas e a pequena bagagem, e madame Bess informou que o quarto estava preparado e perfumado com essências francesas, e lá os dois se trancaram e permaneceram por três dias e noites, só abrindo a porta para receber comida. Tinham estado juntos em intimidade apenas uma vez, nas areias de uma ilha tropical, e os dias e as noites que se seguiram foram de descobertas e prazeres, entre lençóis de linho branco, travesseiros e cobertas de seda.

Drake contou suas aventuras, sobre as maravilhas do mundo, de ilhas cobertas por caranguejos gigantes e nuvens de morcegos, e do dia em que, do alto de uma árvore, vislumbrou ao mesmo tempo dois oceanos. Ela descreveu as maravilhas do teatro, um mundo mágico concentrado no pequeno espaço de um tablado. Amaram-se com paixão e alegria até que os negócios de Estado o obrigaram a regressar a City. Drake partiu prometendo voltar logo e dessa vez cumpriu a promessa, retornando a Clerkenwell e aos braços de minha mãe muitas vezes pelos meses que se seguiram.

Luci não tinha qualquer esperança de que Drake assumisse publicamente o seu romance com ela, e menos ainda que abandonasse a sua jovem esposa, Mary Newman. Em 4 de abril de 1581, a bordo do *Golden Hind*, ele recebeu da rainha Elizabeth o título de cavaleiro e agora era Sir Francis Drake, um membro do Parlamento. Sua esposa ganhou o título de lady, que não pôde usufruir por muito tempo: morreu menos de um ano depois, em 25 de janeiro de 1582, e seu funeral foi realizado com grandes honras na igreja de Saint Andrews, em Plymouth.

Luci, por um momento, imaginou que nessa nova condição teriam mais tempo e liberdade juntos, mas enganou-se. Drake foi eleito prefeito de Plymouth e, nos três anos seguintes, suas visitas a Clerkenwell tornaram-se cada vez mais raras e, para o seu maior desgosto, ele se casou outra vez, com Elizabeth Sydenham, então com vinte e três anos, filha única de Sir George Sydenham, xerife de Somerset. Poucos dias depois das núpcias, minha mãe recebeu de Drake uma caixa cheia de moedas de ouro e prata, uma fortuna capaz de fazê-la viver confortavelmente pelo resto da vida, e um bilhete curto e não assinado informando que partia em nova viagem. A expedição deixou Plymouth em setembro de 1585 com Drake no comando de vinte e um navios e mil e oitocentos soldados, rumo à Espanha. Magoada pela despedida impessoal e fria, pensou que nunca mais o veria.

Quase um ano depois da partida de Drake, as notícias de suas vitórias contra os espanhóis corriam a Europa. Ele saqueara Vigo e Santo Domingo e conquistara Cartagena, na Colômbia. Minha mãe encontrava consolo e alegria no teatro, mas o grande sucesso da temporada, *A tragédia espanhola*, de Thomas Kyd, com suas batalhas e mortes sangrentas, a fez se lembrar dos perigos que o amante corria em mares distantes.

No início de julho de 1588, numa noite chuvosa de verão, alguém bateu à porta da casa de madame Bess. Boult abriu e deparou-se com um jovem de vinte e quatro anos, que vinha a pé de longa viagem, com destino a Londres, e fora surpreendido pela tempestade. Garantiu que era pacífico, pediu hospedagem e se apresentou. Seu nome era William Shakespeare.

6

O capitão Keeling largou e fechou o caderno, irritado. Perdera uma preciosa noite de sono lendo as fantasias de Lucas, que agora, tinha certeza, se tratar de uma fraude. Alguém já afirmara que a prova de que o alcorão fora realmente escrito por um árabe era o fato de não mencionar camelos. Qualquer um que quisesse forjar uma narrativa escrita por um árabe certamente iria povoar a narrativa com camelos, para dar-lhe um verossímil tom local. O autor do Alcorão, sendo árabe de fato, julgaria que esse animal é um elemento natural da paisagem e não lembraria de mencioná-lo. Pois qualquer escritor não inglês que quisesse falsear crônicas inglesas trataria de recheá-las com referências a Francis Drake, à rainha Elizabeth e a William Shakespeare, o dramaturgo que, naquele momento, fazia tanto sucesso nos palcos de Londres.

Embora não pudesse identificar a fonte exata das fantasias de Lucas, Keeling reconhecera no texto alguns trechos de peças de Shakespeare, que Lucas conhecia muito bem. Keeling admirava o ímpeto narrativo do jovem intérprete, mas não poderia admitir um farsante a bordo do *Red Dragon*. Chamou seu imediato e ordenou que preparasse a partida, levantariam velas assim que possível. E que buscassem junto ao rei Buré o intérprete Lucas Fernandez; queria devolver-lhe a novela em mãos antes de partir.

Botes foram mandados a terra para buscar Lucas e reabastecer o suprimento de água, frutas frescas e animais vivos. Sem ter mais o que fazer enquanto suas ordens eram cumpridas, o capitão reabriu o caderno, apenas pela curiosidade de saber até onde Lucas avançara em seus devaneios.

7

O jovem William dormiu na cozinha, junto ao fogão, e acordou ardendo em febre com as roupas encharcadas de suor. Madame Bess temeu por sua vida — a morte de um forasteiro em seu estabelecimento poderia trazer má sorte ou, pior, má reputação. Pediu a Boult que preparasse uma sopa de legumes, na qual o criado acrescentou um tubérculo trazido por Drake dos Andes, chamado pelos nativos americanos de "batata", e que brotava vigoroso em seu jardim desde então. William comeu e sentiu-se bem melhor. Recuperado, a ele foi servido um chá revigorante de folhas de coca, outra planta americana trazida por Drake em uma de suas viagens.

À tarde, William já estava de pé e bastante disposto quando encontrou minha mãe. Pareceu assombrado pela visão; só vira mulheres africanas em gravuras, e a beleza de Luci, vestida em sedas e costumes europeus, o deixou visivelmente perturbado. Madame Bess perguntou de onde vinha e qual o motivo de sua viagem, e a sua caudalosa resposta tomou parte da tarde.

William contou ter vindo de Stratford-upon-Avon, trinta léguas ao norte, e ter feito a viagem até Clerkenwell a pé, o que levou seis dias, só parando para dormir. Caminhou por Edgehill até Banbury, e por uma estrada secundária de três léguas ao sul de Buckingham, tendo pernoitado na vila de Grendon Underwood. Madame Bess lembrou que ele poderia ter vindo por um caminho mais curto, passando por Oxford e pela ponte de Clopton, o que lhe abreviaria a viagem em um dia. William conhecia o caminho, mas preferiu evitá-lo por ser mais movimentado, e o comentário acendeu a desconfiança de todos. De quem ele estava fugindo?

Ele relatou então, numa torrente de palavras que parecia não ter fim, a história de sua vida. Era filho de uma família de pequenos proprietários; o pai possuía um curtume, um açougue e uma pequena oficina onde confeccionava, com o couro dos animais abatidos, luvas de excelente qualidade. Apesar de detestar o cheiro da carne e do curtume, William trabalhava com ele. Terminara a escola e casara-se muito cedo com Anne, uma mulher alguns anos mais velha, por tê-la engravidado. Tiveram uma filha e logo depois um casal de gêmeos, e a vida tornou-se bastante dura e enfadonha. O pai tinha problemas financeiros e Anne reclamava constantemente dos cuidados que os três filhos pequenos lhe exigiam. As únicas distrações de William eram ler e caçar coelhos.

Na última caçada, quando se encontrava especialmente aborrecido, viu surgir na mira de sua espingarda um portentoso veado real. Não soube se por frustração, raiva ou pela certeza de que erraria o tiro, fez a mira e disparou. Para seu infortúnio, acertou o grande animal exatamente entre os olhos. O veado tombou morto sem um suspiro; foi o tiro mais certeiro de sua vida e, ainda assim, a causa de sua desgraça. Todos sabiam que a caça aos veados era reservada aos donos da terra, no caso Sir Thomas Lucy, e proibida aos demais. Seu crime era grave e seria facilmente descoberto pois fora visto a caminho das terras de Sir Thomas. Não escaparia da prisão, para vergonha de sua família.

William voltou para casa o mais depressa que pôde, arrumou uma trouxa de roupas, pão, salame e queijo, despediu-se dos pais, da mulher e dos filhos, pegou algumas poucas moedas e avisou que iria a Londres, sumir na multidão por algum tempo, até seu crime ser esquecido. Prometeu que mandaria algum dinheiro assim que pudesse e partiu, sem mais considerações. Seis dias de caminhada e ali estava.

Madame Bess compadeceu-se do pobre fugitivo e o convidou para ficar ao menos mais uma noite, afinal, a febre podia voltar e uma chuva fina teimava em cair. Minha mãe perguntou quais os planos do jovem, que afirmou, sem grande convicção, que pretendia tentar a sorte no teatro ou na marinha mercante, dependendo das oportunidades surgidas. Contou que um dia uma trupe de saltimbancos, os Worcester's Men, tendo entre seus membros o grande ator Edward Alleyn, passou por Stratford-upon-Avon e ele quase seguira viagem com a companhia.

Minha mãe, que amava o teatro mais que tudo, observou que a moda nos palcos de Londres eram os atores infantis, talvez fosse mais fácil encontrar trabalho nos portos. William disse que não pretendia ser ator, sua vocação eram os poemas, as farsas e as comédias, então tirou da sacola um maço de papel, perguntando a todas que desceram para o jantar se gostariam de ouvir um soneto seu. Boult declinou ao convite pois precisava cuidar do fogão, ao que William sugeriu — lembrando dos torresmos preparados por sua mãe — que experimentasse fritar batatas cortadas em tiras finas em banha de porco ou azeite. Boult achou uma boa ideia, prometeu experimentar a receita e deixou o grupo. William escolheu um dos papéis e, tendo como público as mulheres da casa, leu em voz clara e ritmada um de seus sonetos:

Mine eye and heart are at a mortal war
How to divide the conquest of thy sight;
Mine eye my heart thy picture's sight would bar,
My heart mine eye the freedom of that right.
My heart doth plead that thou in him dost lie—
A closet never pierced with crystal eyes—

> *But the defendant doth that plea deny,*
> *And says in him thy fair appearance lies.*
> *To 'cide this title is impanneled*
> *A quest of thoughts, all tenants to the heart;*
> *And by their verdict is determined*
> *The clear eye's moiety, and the dear heart's part:*
> > *As thus; mine eye's due is thy outward part,*
> > *And my heart's right thy inward love of heart.**

Terminada a leitura, madame Bess comentou qualquer coisa sem muito entusiasmo, mas minha mãe ficou vivamente impressionada com a musicalidade dos versos, o ritmo, a riqueza das imagens e a originalidade na escolha das palavras. William ficou muito feliz com sua reação, disse já ter escri-

---

* Soneto 46 de Shakespeare, em tradução livre: "Meu coração e olhos em mortal combate/ Pretendem posse sobre a tua imagem;/ Ao coração, os olhos negam parte,/ Aos olhos, o coração veta passagem./ Meu coração acusa que tu nele vives.../ Câmara por olhos nunca penetrada.../ A defesa contesta. Os olhos dizem/ Que neles tua beleza tem morada/ A decidir, um júri é convocado/ Só de pensamentos, do coração amigos/ E pelo seu veredicto é destinado/ O joio aos olhos, ao coração o trigo:/ Herdam meus olhos o que te é externo/ Meu coração recebe o teu amor eterno".

to vários sonetos e alguns poemas mais longos e pensava em publicá-los, conseguir algum dinheiro e, quem sabe, pagar a multa que o livraria da prisão. Madame Bess observou que, a depender da remuneração dos poetas, melhor seria buscar mesmo o posto em algum navio e sumir no mundo.

Jantaram cedo, tendo Boult preparado as batatas fritas sugeridas por William, que todos aprovaram. A chuva espantou o movimento da noite e as mulheres foram dormir, menos William e Luci. Ele, que nunca se afastara de Stratford-upon-Avon em mais de poucas léguas, contou de suas leituras, da história da Inglaterra de William Lambarde e das crônicas de Raphael Holinshed, onde MacBeth encontra-se com três feiticeiras sob um céu repleto de corvos, do *Asno de Ouro* de Apuleio e das *Metamorfoses* de Ovídio, seu livro preferido. Ela, que viajara por três continentes, falou de uma ilha mágica no meio do Atlântico, onde os golfinhos dançavam nos céus e os selvagens canibais brincavam de se esconder com as fadas. William perguntou se Luci gostaria de ouvir outros de seus escritos, e ela respondeu que sim, seria um prazer. Abriram mais uma garrafa de vinho e ele leu algumas cenas de uma tragédia, que ela julgou por demais sangrentas, meia dúzia de cenas de comédias, que achou escandalosas, e mais alguns versos. E foi por causa dos versos que Luci apaixonou-se pelo jovem Shakespeare.

A noite já ia alta, a chuva cessara, a casa dormia em completo silêncio. William preparava-se para deitar no chão da cozinha quando Luci o convidou para dormir em seu quarto, onde ficaria melhor acomodado. William, que se apaixonara por ela à primeira vista e tentando controlar a excitação que fazia seu coração saltar no peito, aceitou o convite.

Subiram as escadas em silêncio. O quarto de minha mãe, o melhor da casa, tinha uma grande cama de casal e um sofá, onde William acomodou-se, temendo ter interpretado mal o convite. Ela acendeu um grande cigarro, mais um dos presentes de Drake, feito com uma erva chamada pelos escravos brasileiros de maconha, e o ofereceu a William, que sorveu com vigor, lhe provocando um violento ataque de tosse. Luci sorriu, deu uma longa tragada e pediu que ele lesse mais um de seus poemas. Ele obedeceu, escolhendo uma fala de Teseu, em uma de suas comédias, *Sonho de uma noite de verão*:

> *Lovers and madmen have such seething brains,*
> *Such shaping fantasies, that apprehend*
> *More than cool reason ever comprehends.*
> *The lunatic, the lover and the poet*
> *Are of imagination all compact:*
> *One sees more devils than vast hell can hold,*
> *That is, the madman: the lover, all as frantic,*
> *Sees Helen's beauty in a brow of Egypt:*
> *The poet's eye, in fine frenzy rolling,*
> *Doth glance from heaven to earth, from earth to heaven;*
> *And as imagination bodies forth*
> *The forms of things unknown, the poet's pen*
> *Turns them to shapes and gives to airy nothing*
> *A local habitation and a name.**

---

* Ato 6, cena 2, em tradução livre: "Amantes e loucos têm mentes tão febris,/ Mentes que dão forma a tanta fantasia/ Que percebem sempre mais que a razão fria./ O doido, o apaixonado e o poeta/ São feitos de imaginação concreta:/ Um vê mais demônios que cabem no inferno,/ Este é o louco: o amante, igual na alienação,/ vê traços de princesa num

Ao ouvir esses versos, Luci aproximou-se de William. Sentou ao seu lado no sofá e eles se beijaram, pela primeira vez. A primeira de muitas. Amaram-se como se a vida dependesse disso, até o amanhecer. O sol estava nascendo quando William perguntou sobre a letra L marcada em seu ombro.

— Embora a inconstante fortuna tenha perseguido meu destino, descendo de antepassados que marchavam par a par com poderosos reis, mas o tempo extirpou minha família e tornou-me escrava.

A marca fazia parte do passado de outra mulher, Okun, e foi tudo o que ela disse. O corpo do jovem William em nada se parecia com o de Drake, o único homem com quem estivera. Sua pele era clara e macia, sem marcas nem cicatrizes, suas mãos delicadas, seus lábios quase femininos. Adormeceram abraçados, sonhando o mesmo sonho, até serem acordados com fortes batidas na

---

dragão:/ O olho do poeta, em frenesi revolto,/ Toma o céu por terra e a terra pelo céu;/ E se ao desconhecido a imaginação dá corpo, a pena do poeta/ Lhe dá forma, e ao nada etéreo/ Empresta habitação terrestre e um nome".

porta. Era Boult, avisando que Drake estava na sala e queria vê-la.

Minha mãe, apavorada, vestiu-se o mais rápido que pôde, juntou as roupas de William que, sem entender o que se passava, foi empurrado para o quarto ao lado onde Rosalina, felizmente, dormia só. Minha mãe suplicou a ela que tomasse William por um cliente e lhe prometeu cinquenta libras por seu silêncio. Mal fechou a porta e deu com Drake subindo as escadas. Ela tentou abraçá-lo, mas foi rechaçada por desconfiança. Drake entrou em seu quarto, viu a cama desfeita, procurou por vestígios de outro homem, sem encontrar. Minha mãe tentou simular uma indignação, pois ele sumira por um ano sem ao menos se despedir e, ao voltar, sem aviso, ainda mostrava desconfiança de sua lealdade? Drake não pareceu convencido e saiu a procurar pela casa, abrindo bruscamente a porta do quarto ao lado, onde encontrou William, de olhos arregalados, na cama, ao lado da também assustada Rosalina. Drake aproximou-se de William e perguntou quem era e o que fazia ali. Rosalina brincou que aquilo era óbvio, o que mais estariam fazendo naquele lugar? William tentou argumentar qualquer coisa, mas as palavras não saíram de sua garganta. Felizmente Drake não estranhou sua mudez, já acostumado a despertar o pavor nos homens. Minha mãe interveio, arrastou Drake para fora do quarto e fechou a porta.

Pela fina parede de madeira, William ouviu a discussão, palavras ásperas que aos poucos foram se amainando, sumindo, até que o silêncio deu lugar aos rangidos da cama e aos sons próprios do amor carnal, o que fez o apaixonado poeta enlouquecer de ciúmes, levantar-se da cama e partir para defender sua amada.

Foi contido por Rosalina antes que abrisse a porta, o que por certo salvou sua vida. Com a maior ênfase que a voz sussurrada permitia, Rosalina lembrou-lhe que Drake era um guerreiro feroz, que havia matado centenas de homens armados com suas próprias mãos e até cortado a cabeça de seu melhor amigo, enquanto ele, um jovem poeta do interior, ainda no jantar confessara não ter estômago para matar uma galinha. Drake com certeza o estriparia e faria luvas com a sua pele antes que ele pudesse encontrar uma boa rima para a palavra estômago. Por sabedoria, medo, ou por sua saudável mistura, William voltou para a cama de Rosalina. Deitou e chorou copiosamente ouvindo os sons do amor furioso que chegavam do quarto ao lado, vencendo o pudor das paredes.

Rosalina fez o que pôde e o que sabia para aplacar a dor de William. E se as palavras vindas da boca eram incapazes de cumprir a tarefa, a boca, sem as palavras, talvez pudesse alcançar bom termo. E, assim, Rosalina, por carinho ao jovem tonto de ciúmes, e quem sabe também para garantir as cinquenta libras prometidas, o abraçou e o beijou, mergulhando entre os lençóis. William, aos poucos parou de chorar, mas não de sofrer. A dor se fez em êxtase, e este em silêncio e logo em poesia. William, transfigurado e de repente calmo, deixou a cama, pegou seus papéis, pena e tinta e pôs-se a escrever versos compulsivamente. Num soneto, amaldiçoa seu amor doentio pela Luci Negra,

> *My love is as a fever, longing still,*
> *For that which longer nurseth the disease,*
> *Feeding on that which doth preserve the ill,*

The uncertain sickly appetite to please.
My reason, the physician to my love,
Angry that his prescriptions are not kept,
Hath left me, and I desperate now approve
Desire is death, which physic did except.
Past cure I am, now reason is past care,
And frantic-mad with evermore unrest;
My thoughts and my discourse as madmen's are,
At random from the truth vainly express'd;
    For I have sworn thee fair, and thought thee bright,
    *Who art as black as hell, as dark as night.**

E outro, onde destila sua inveja e se mortifica com a presença do rival e da amante no quarto ao lado,

---

* Soneto 147 de William Shakespeare, em tradução livre: "O meu amor é febre que não passa,/ Que se alimenta e cresce na doença,/ Que em meio ao mal viceja e grassa/ Fome inconstante, da saúde infensa./ A médica do amor, minha razão/ Furiosa, me abandona a própria sorte,/ Quando aos seus preceitos digo não/ Sem mais remédio, meu desejo é morte./ Sem a razão, meu caso não tem cura/ Sofro impaciente, tenho o olhar perdido./ As falas são sintomas da loucura/ Não têm valor, propósito ou sentido;/ Pensei que eras brilhante, clara e pura/ És negra como a morte e a noite escura".

O! how I faint when I of you do write,
Knowing a better spirit doth use your name,
And in the praise thereof spends all his might,
To make me tongue-tied speaking of your fame!
But since your worth, wide as the ocean is,
The humble as the proudest sail doth bear,
My saucy bark, inferior far to his,
On your broad main doth wilfully appear.
Your shallowest help will hold me up afloat,
Whilst he upon your soundless deep doth ride;
Or, being wrecked, I am a worthless boat,
He of tall building, and of goodly pride:
   Then if he thrive and I be cast away,
   *The worst was this, my love was my decay.**

---

* Soneto 80 de William Shakespeare, em tradução livre: "Encolho e murcho quando te descrevo,/ Sabendo que te honra um mais dotado/ O ardor à mercê do teu enlevo,/ Engelha o meu cântico acanhado!/ Em teu seio, oceano nobre e vasto/ Que acolhe nau minúscula ou possante/ Meu simples bote, pequeno, pobre, casto/ Navega orgulhoso, confiante./ Teu breve sopro e minha vela turge,/ Ele singra teus pélagos, silente;/ Naufrago quando um grande mastro surge/ Sobre as altas vagas do poente/ Ele triunfa, sou esquecido e passo/ E o que é pior: o amor foi meu fracasso".

Exausto pelo esforço, pelo arrebatamento e pela paixão ferida, William adormeceu sobre a mesa, entre seus versos.

Foi acordado por Drake que, já vestido e cheio de entusiasmo, o convidou para tomar o desjejum, deixando o quarto. William lavou-se e vestiu-se com lentidão e fechava o botão da camisa quando Rosalina encostou um punhal em sua garganta. Com a eloquência do aço, ela lembrou que a vida dele, e também a de minha mãe, e talvez a dela própria e a de todos na casa, dependia de ele manter-se impassível, quaisquer que fossem as provocações de Drake. William assentiu, entendera a situação. Rosalina o fez prometer não olhar e, principalmente, não dirigir a palavra a minha mãe, o que quer que houvesse. Contou que um alemão embriagado um dia a elogiara com palavras atrevidas e Drake cortou-lhe as mãos, e que seria muito difícil escrever poemas sem elas. William lembrou-lhe que é possível escrever poemas sem mãos, e que Homero, inclusive, era cego. Rosalina avançou o punhal em direção aos olhos de William, que logo assentiu, prometendo não olhar nem dirigir a palavra a Luci. Rosalina guardou a arma.

William e Rosalina desceram até a sala, onde Drake já discursava alegremente, com minha mãe no colo. Madame Bess, Boult e as outras mulheres da casa comiam e ouviam suas aventuras, de como sua frota atacara os espanhóis na baía de Cádis, com uma resistência de sessenta galeões fortemente armados, sob o comando do valoroso capitão Pedro Acuña, e enfrentaram pesado fogo de canhões nas posições da costa. Nuvens de pólvora e gritos dos feridos encheram os ares por um dia e uma noite, e na madrugada seguinte a frota inglesa se retirou, tendo destruído três galeões espanhóis e capturado quatro navios de provisões. Drake afirmou que, dessa forma, não havia cortado o braço dos espanhóis, e sim a barba, que cresce mais forte e com mais desejo de vingança, e que ele saberia recebê-los com uma navalha afiada, como merecem. Na volta para casa, tiveram a sorte de cruzar com um navio de bandeira portuguesa, São Filipe, que retornava das Índias. Eles o capturaram depois de breve troca de fogos, e sua valiosa carga de ouro, especiarias e seda lhe rendeu cento e oito mil libras.

Drake ofereceu a todos uma nova planta das

Américas, o tabaco, um presente dos colonos de Sir Walter Raleigh, resgatados por ele no norte do continente americano onde congelavam e morriam de fome. Explicou que a planta deveria ser enrolada, queimada e fumada, o que todos fizeram, enchendo a sala com uma nuvem espessa.

William manteve-se calado, às vezes trocando olhares com minha mãe, aflita, até que Drake lhe perguntou de onde vinha, para onde ia e quais eram seus planos. William, sob o olhar tenso de todos, disse apenas que vinha do norte, e que ia em direção a Londres, para tentar a vida no teatro ou na Marinha, observação que provocou em Drake um ataque de tosse e de riso. Teatro ou Marinha? Isso era como escolher entre o colibri e o leão. Teatro era ocupação de crianças e afeminados, a Marinha era trabalho de homens forjados em aço, dispostos a morrer em defesa da rainha e da pátria.

Drake voltou a discorrer sobre os feitos gloriosos de seus bravos comandados enquanto William, que ficara enjoado com o fumo do tabaco, acendeu um grande cigarro de maconha. Minha mãe inquietou-se, e temendo que os vapores da erva soltassem sua língua e o fizessem pôr tudo a perder, tentou deixar o colo de Drake, mas foi por ele contida.

Drake a beijou e contou que o rei Filipe II de Espanha oferecera uma recompensa de vinte mil ducados por sua cabeça, uma fortuna capaz de comprar uma ilha. No final de sua inflamada preleção, Drake convidou William para juntar-se a ele em seu navio e cortar a cabeça de alguns espanhóis. William largou o cigarro sobre a mesa, ergueu-se, e encarou o capitão Drake.

— Convite aceito, capitão.

Drake o cumprimentou pela coragem e garantiu que faria dele um bravo marinheiro. Dito isso, beijou ardorosamente Luci e despediu-se de todos; era esperado pela rainha em Londres, ouvira que receberia um novo e maior desafio. Se pudesse, voltaria à noite e queria experimentar as tais batatas fritas, das quais tanto ouvira falar. Drake partiu com seus homens, sendo saudado na calçada por uma pequena multidão que soube de sua presença na casa de madame Bess.

Boult mal tinha fechado a porta e minha mãe correu a ter com William, que subira para o quarto de Rosalina. Que ideia era aquela de matar espanhóis? Ele era um poeta, sua arma era a pena, sua munição a tinta. William apanhou seus papéis sobre a mesa, com os muitos versos de humilhação e dor, amassou tudo e jogou no chão, afirmando não ver motivos para aceitar seus conselhos. Minha mãe recolheu os papéis, segurou suas mãos, garantiu que ele seria morto na primeira batalha, não entendia qual era seu propósito ao aceitar o convite de Drake. William a olhou nos olhos e sentenciou:

— Eu vou matá-lo.

Minha mãe sorriu e o beijou docemente, um gesto ao qual ele a princípio resistiu, mas que logo se transformou num longo e apaixonado beijo, num forte abraço e, por fim, numa crise de choro. Ficaram assim, abraçados em silêncio, até que ela despertou de sua inércia, enxugou suas lágrimas e mandou que William pegasse as suas coisas e a acompanhasse. Ele perguntou aonde iriam.

— A Londres.

A cidade estava em festa. Drake foi recebido no palácio com honras inauditas, uma multidão o saudava junto ao portão, com a Guarda Real perfilada em uniformes de gala, salvas de tiros e bandeiras tremulando nas lanças douradas. Foi recebido pela rainha no Grande Salão e dela recebeu o posto de vice-almirante da esquadra inglesa, subordinado apenas ao almirante Charles Howard, conde de Nottingham, e à própria rainha. O capitão Francis Drake estava pronto para o seu maior desafio: comandar a Marinha inglesa contra o ataque iminente da Invencível Armada espanhola, uma frota de centro e trinta navios plenamente artilhados, tripulados por oito mil marinheiros, dezoito mil soldados e trinta mil infantes, sob as ordens do duque de Medina Sidônia. A gigantesca frota, a maior expedição naval desde a Antiguidade, já partira de Lisboa para atacar Londres.

Enquanto Drake recebia suas ordens para salvar a Inglaterra, minha mãe levava William em uma carruagem, cruzando a ponte de Osborne e o Newgate, um dos portões da cidade. Seu destino era o distrito livre de Clink, a sudoeste da ponte de Londres, perto do parque de Winchester, com seus castanheiros e viveiros de carpas e lúcios, pomares, uma arena para espetáculos com ursos e muitos bordéis. Local onde Philip Henslowe, um aprendiz de tintureiro e cliente assíduo de madame Bess até se casar com a viúva rica de seu mestre, acabara de construir um novo teatro, o Rose, com o palco coberto e capacidade para duas mil pessoas.

Minha mãe apresentou William a Henslowe, que se queixou da vida. O teatro, disse ele, era um sumidouro de dinheiro, muitas companhias prefeririam viajar fugindo dos puritanos, das pragas e dos motins da cidade, mas ele tinha programado uma apresentação do *Tamburlaine*, de Christopher Marlowe, e talvez precisasse de um jovem para cuidar dos cavalos. Luci garantiu que William era um jovem honesto e de valor, e que tinha bons dotes como escritor, assim, quem sabe no futuro poderia integrar a companhia. Henslowe ponderou que tinha muitos pretendentes ao posto de guardador de cavalos, e que para fazer parte da companhia os membros tinham que pagar uma taxa de cinquenta libras, quantia que recebeu dela, sem discussão. Henslowe perguntou a William se ele saberia escrever uma peça histórica, gostaria de contar a saga de Henrique VI, tinha tudo planejado para uma grande fogueira que faria Joana d'Arc arder em chamas em pleno palco.

Antes de se despedirem, minha mãe deu a William mais duzentas libras, o que poderia mantê-lo alimentado por vários meses, devolveu a ele os papéis com os poemas que jogara ao chão e pediu, do fundo de seu coração, que ele não deixasse de escrever versos. William guardou os papéis, menos um, que entregou a ela. Despediram-se com um beijo e ela partiu.

No caminho de volta a Clerkenwell, ela leu o soneto que recebera:

Who will believe my verse in time to come,
If it were fill'd with your most high deserts?
Though yet, heaven knows, it is but as a tomb
Which hides your life, and shows not half your parts.
If I could write the beauty of your eyes,
And in fresh numbers number all your graces,
The age to come would say "This poet lies:
Such heavenly touches ne'er touch'd earthly faces".
So should my papers, yellow'd with their age,
Be scorn'd like old men of less truth than tongue,
And your true rights be term'd a poet's rage
And stretched metre of an antique song:

But were some child of yours alive that time,
*You should live twice, in it, and in my rhyme.**

Mais que uma declaração de amor, o soneto era premonitório. Minha mãe nunca mais veria Francis Drake e só encontraria William Shakespeare muitos anos depois, mas lembraria de ambos para sempre, todos os dias. Estava grávida e nunca saberia ao certo se eu era filho de um guerreiro ou de um poeta.

Poucos dias depois, Francis Drake comandaria a grande vitória da esquadra inglesa contra a até então invencível Armada espanhola, batalha que destruiu para sempre as pretensões dos invasores, além de estabelecer a supremacia inglesa nos mares

---

* Soneto 17 de William Shakespeare, em tradução livre: "Quem há de crer um dia em meu poema,/ Se nele eu derramar tua beleza?/ Pois saiba, quem a voz dos céus não tema,/ De tal graça meu verso é uma represa./ Que a luz do teu olhar eu hoje cante/ E tente assim gravar teus dons em tinta,/ O futuro dirá: 'Era um farsante/ Tal luz só há na boca de quem minta'/ Meus versos desgastados pelo uso/ Parecerão tolices de um senil/ Em transe, a cabeça em parafuso,/ Canções antigas que ninguém ouviu:/ Mas se um filho trouxer ao universo,/ Viverás para sempre, nele e em meu verso".

do mundo e deixar dez mil mortos. William Shakespeare guardaria cavalos por pouco tempo. Dois anos depois, sua *História do rei Henrique VI* revelaria a Londres um jovem promissor, e nos cinco anos que se seguiram ele deixaria a Inglaterra espantada, marcando seu nome na história com doze peças, entre elas *Ricardo III*, *A megera domada* e *Romeu e Julieta*.

Em janeiro de 1596 minha mãe recebeu a notícia da morte de Sir Francis. Ele fizera sua última viagem na companhia de Hawkins, primo e parceiro desde sempre. Não caiu vítima de nenhuma bala ou lâmina de seus muitos inimigos; foi abatido por uma prosaica disenteria. Seu corpo foi colocado num caixão de chumbo, com uma armadura e espadas de ouro, e lançado ao mar, no Caribe. Minha mãe casou-se com um bom homem, meu pai, Nicolau Camacho Fernandez, e foi em seu colo que assisti aos sete anos *Sonho de uma noite de verão*. Fiquei fascinado com a peça e sonhei por muitos anos com um homem com cabeça de asno que me perseguia.

Depois da função, meus pais foram ter com os atores, cercados de fãs ardorosos. William pareceu perturbado ao ver Luci, que o apresentou ao meu pai como um velho amigo e o convidou para jantar. Ele agradeceu, mas estava de partida para Stratford, recebera notícias de que seu filho Hamlet estava doente. Ela lamentou, desejou melhoras ao garoto e se despediram, pela última vez.

Minha mãe, Okun, a Luci Negra, morreu antes de completar cinquenta anos, de um mal do coração, doença que a manteve presa à cama por três longos meses. Foi nessa convalescença que sonhou com o irmão, Kalu. No sonho, o irmão estava vivo, tinha comprado sua liberdade com os diamantes que recebera dela e prosperara no Brasil. Como seu último desejo, me pediu que fosse procurá-lo na capitania de Pernambuco, que lhe dissesse que havia sobrevivido e tido um filho, seu sobrinho, e que tinha morrido em paz, para que ele também pudesse morrer em paz.

Quando ela faleceu, há quatro anos, fixei residência na Ilha da Madeira, nas terras de meu pai. Há dois anos embarquei no navio português, com destino ao Brasil, conforme lhe relatei, desembarcando em Freetown, onde estou há dois anos, servindo ao rei Buré. E se o senhor me considerar digno de ser recebido em seu navio, em muito lhe serei grato, por me ajudar a cumprir o último desejo de minha mãe.

assino Lucas Camacho Fernandez,
súdito de sua majestade rei Jaime i.
Freetown, 6 de setembro do ano da graça
de 1607.

8

O capitão Keeling terminou a leitura no momento em que o bote trazendo Lucas Fernandez se aproximava pela baía. E então se lembrou de onde conhecia as palavras que lera no relato. Voltou algumas páginas, para ter certeza de que não era traído pela memória. E leu novamente, agora em voz alta:

— Embora a inconstante fortuna tenha perseguido meu destino, descendo de antepassados que marchavam par a par com poderosos reis, mas o tempo extirpou minha família e tornou-me escrava.*

---

* Tradução livre do ato 5, verso 1 da peça *Péricles, príncipe de Tiro*, de Shakespeare: *"Though wayward fortune did malign my state, my derivation was from ancestors who stood equivalent with mighty kings: but time hath rooted out my parentage, and to the world and awkward casualties bound me in servitude"*.

Era uma fala de Marina, a princesa que presenciou a morte dos pais, foi sequestrada por piratas que a deixam em um bordel, aos cuidados de uma alcoviteira e um criado de nome Boult. Keeling assistiu à peça na estreia, *Péricles, príncipe de Tiro*, grande sucesso de Shakespeare, no Globe, poucos dias antes de deixar a Inglaterra. Marina, a que veio do mar, como a princesa Okun.

Lucas estava há dois anos em Freetown, há seis longe da Inglaterra, e não teria como conhecer a peça. Keeling conclui que se todas as hipóteses são impossíveis, menos uma, essa deve ser a verdadeira. Shakespeare conta na peça a história de Luci. Eram dela, e não de Shakespeare, as palavras que ele ouvira no palco do Globe.

Lucas subiu ao convés carregando uma bolsa de pano e um saco de couro. O capitão Keeling perguntou o porquê, afinal, não dissera que o aceitaria a bordo.

— O senhor disse que ia ler meu relato, eu acreditei.

O capitão devolveu a ele o caderno. O vento nordeste já soprava com força e Keeling deu ordens para recolher âncoras e soltar velas. Em 10 de setembro de 1607, a bordo do *Red Dragon*, Lucas Fernandez partiu em direção ao Brasil.

A SENHORA TEREZA

1

O *Red Dragon* e o *Hector* seguiram viagem pelo Atlântico por um mês e meio. A morte de um grumete, vítima de febres e inchações, e a proximidade de enormes baleias que acompanharam o navio por algumas horas foram os únicos eventos dignos de registro. Durante a travessia, Lucas e o capitão Keeling tornaram-se bons camaradas, trocando impressões sobre o teatro inglês, uma paixão comum, sobre os costumes africanos, sobre os perigos do mar. Keeling partira com a missão de circundar a América, viajar ao norte até a ilha de Java, com quem a Inglaterra já mantinha relações comerciais, e chegar ao porto de Áden, no estreito de Babel-mândebe, para depois circundar a África de volta para casa. A viagem deveria durar três anos e, em seguida, o capitão, que já tinha quase trinta anos, pretendia se casar.

No fim de uma tarde de domingo, aos oito graus de latitude Sul e trinta e quatro graus de longitude Oeste, os planos de navegação e matrimônio do capitão Keeling foram interrompidos por uma monstruosa tempestade tropical. Ventos bravíssimos do levante fizeram o mar tão alto que, a cada balanço, o *Red Dragon* e o *Hector* tocavam o fundo do oceano para em seguida alcançarem as nuvens. A chuva era tanta e tão grossa que céu e mar eram a mesma água. A vela da verga maior do *Red Dragon* foi feita em farrapos e, para não ficar sem nenhuma, Keeling ordenou que todas fossem recolhidas. Lucas, que não sabia o que fazer para ajudar, agarrou-se à base de um dos canhões. Ele só pôde pedir pela Divina Providência quando ouviu os gritos dos marujos, horrorizados, ao verem o *Hector* desaparecer, com toda a tripulação, estraçalhado e sepultado sob uma onda colossal.

Não havia tempo para lamentações; as madeiras do *Red Dragon* tanto rangiam e estalavam nos vales e cumes das vagas que o capitão achou ser a melhor providência, para que não seguissem o destino do *Hector*, que cortassem o mastro principal. E assim o ordenou, mas o vento e o mar eram tamanhos que manter-se de pé para realizar tal feito era impossível. Usando o cordame da vela partida, Keeling amarrou-se ao mastro e, com um machado, passou a golpeá-lo furiosamente. Um marinheiro juntou-se ao capitão na tarefa, mas logo foi tragado pelas ondas que varriam o convés pelos dois bordos, e assim desapareceu no mar. Sua ferramenta caiu aos pés de Lucas que, movido pelo destemor ou pela certeza da morte se nada fizesse, largou seu ferrolho, apanhou o machado e agarrou-se à corda com todas as forças, juntando-se a Keeling na tentativa de cortar o mastro. Estavam os dois vibrando vigorosamente seus machados quando a natureza abreviou a tarefa ao arrancar a base do grande mastro, lançando-o ao mar como se fosse uma palha, arrastando com ele Lucas e Keeling, presos ao cordame, para o sumidouro do oceano em fúria.

Lucas era um bom nadador, mas isso de nada ajudava em tais circunstâncias. Ao emergir pela primeira vez, já não viu Keeling nem seu navio, e logo foi esmagado por uma grande onda, submergindo de novo. Lutou desesperadamente para manter-se à tona até encontrar sobras do *Hector*, e nelas agarrou-se com as forças que lhe restavam. Por toda a noite flutuou, jogado ao desejo das ondas, até sentir que o temporal amainava e os ventos abrandavam, e viu as primeiras estrelas perfurando a escuridão. Exausto, tirou suas roupas e com elas amarrou-se ao madeirame pelo peito, fechando os olhos e caindo em um sono profundo.

Acordou com o sol queimando seu rosto e, logo que os olhos se acostumaram com o brilho intenso, viu pássaros cruzando o céu azul, sem nuvens. A presença das aves o encheu de esperança. Ergueu-se e avistou, no horizonte, uma fina linha escura que poderia ser uma ilha. Com as mãos agarradas ao bote improvisado que lhe salvara a vida, bateu os pés na água, aproximando-se da terra a ponto de distinguir a vegetação e uma faixa de areia branca. Por fim, com a ajuda das ondas conseguiu alcançar terra firme, uma larga praia ornada de palmeiras. Ele atravessou a praia e, à sombra das palmeiras, desmaiou.

O sol estava alto quando recobrou os sentidos. Tinha a pele seca, os lábios partidos e uma sede dilacerante. Felizmente não custou a encontrar, junto à praia, um manguezal imerso em água doce, uma água salobra e turva que, naquele momento, pareceu-lhe da mais pura fonte. A praia era circundada por vegetação alta, fechada. Lucas procurou frutos nas árvores mais baixas, mastigou e cuspiu alguns verdes e de sabor muito amargo que queimaram seus lábios partidos pelo sal, até encontrar uma fruta graúda, de casca verde e fina, carne rósea, doce e suculenta, que comeu até se fartar. Recuperado, caminhou pela praia, em busca de algum sinal de presença humana, sem encontrar. Viu que as areias junto ao mar eram repletas de mariscos e caranguejos que talvez pudessem garantir-lhe alimento, isso se tivesse que esperar muito tempo até ser resgatado ou encontrar alguém. Tentava abrir um marisco quando ouviu o estrondo de um tiro.

Lucas ponderou se o mais prudente era se aproximar ou se afastar do som daquele tiro, mas não precisou tomar essa decisão, pois logo veio correndo da mata em sua direção um homem preto, quase nu, com uma assustadora expressão de pânico. E logo mais dois e mais outros, todos pretos e seminus. Lucas, tentando não demostrar seu espanto, acenou, ergueu os braços, mostrou as mãos desarmadas, gritando:

— Paz!

E repetiu a palavra em todas as línguas em que a conhecia. Os homens em fuga não lhe deram qualquer atenção, passando por ele em disparada. O último, que parecia ser mais velho que os demais, arrastava a perna ensanguentada e estava com os dedos destruídos, aproximou-se de Lucas, ofegante, e apoiando-se em seus ombros, buscou e finalmente encontrou forças para falar.

— *Muiana, muiana! Apiga puxi! Pirisu! Muiana!* Corra, corra! Homem mau. Salve-se! Corra!

Lucas não tinha a menor ideia do que aquilo queria dizer. Uma bala chegou, o homem gemeu e um estampido veio da mata pouco depois. O homem, que não ouviu o tiro que o matou, caiu aos pés de Lucas.

Um homem saiu da mata vestindo uma espécie de manto de tecido e um chapéu de aba larga, montado num cavalo baio encilhado em metal, com uma espingarda nas costas e um porrete na mão. Lucas pensou que, se correr era inútil, melhor seria ficar, em sinal de respeito. O homem sofrenou seu cavalo, reduziu-lhe o passo, aproximou-se lentamente. Era negro, o rosto cortado por uma antiga cicatriz. Lucas ergueu as mãos.

— Paz, senhor. Meu nome é Lucas Camacho Fernandez, súdito de sua majestade rei Jaime I, da Inglaterra. Sou escrivão, tradutor e intérprete e há cerca de três dias estava a bordo do *Red Dragon*, nau de bandeira inglesa, comandada pelo valoroso capitão William Keeling, quando fomos surpreendidos por uma violenta borrasca. Apesar do esforço dos marujos e oficiais, vi naufragar o *Hector*, que navegava nessa mesma expedição desde a África, e caí ao mar sem saber se o *Red Dragon* teve o mesmo triste destino, o que é feito do capitão, de seus oficiais e dos demais da tripulação. A mão de Deus me poupou, me guiou a esta terra e me coloco a sua mercê.

O homem acompanhou a fala de Lucas com muita atenção. E então acertou sua testa com o porrete.

Lucas acordou quando já era noite, o céu coberto de estrelas como ele jamais vira, numa clareira entre árvores altíssimas e variadas. A cabeça latejava, uma dor fina açoitava seus pensamentos.

Tentou erguer-se, viu que tinha as mãos e o pescoço presos em argolas de ferro, transpassadas por correntes, e que também os pés tinham argolas e correntes que o ligavam a outros homens, pretos como ele e quase nus. Conseguiu sentar-se com grande esforço e avistou, junto ao fogo, três homens vestidos, calçados e enchapelados, e entre eles o homem com a cicatriz, que lhe acertara a cabeça. Tomado de fúria, Lucas arranjou forças e ergueu-se.

— Senhores!

Os três homens voltaram-se a ele, atentos.

— Eu exijo ser tratado como um súdito inglês, com todos os direitos respeitados, ainda que seja um prisioneiro! Isto é uma infâmia! Tratam-me como se eu fosse um escravo e um pagão, mas eu afirmo que não sou. Sou um homem livre, batizado e temente a Deus! E posso provar! *Pater noster, qui es in caelis, sanctificetur Nomen Tuum: adveniat Regnum Tuum: fiat voluntas Tua, sicut in caelo, et in terra. Panem nostrum cotidianum da nobis hodie, et dimitte nobis debita nostra, sicut et nos dimittimus debitoribus nostris. Et ne nos inducas in tentationem; sed libera nos a Malo.*

Os três homens se aproximaram enquanto Lucas rezava o Pai Nosso, curiosos, até que o homem com a cicatriz, que parecia ser o chefe, falou com os dois brancos.

— *Munuca apeku*!

Cortar língua.

Eles seguraram os braços de Lucas. O da cicatriz, com a mão esquerda, o agarrou pelo pescoço e apertou com força brutal. Sufocado, Lucas abriu a boca buscando ar, ao que os homens meteram os dedos e a esgaçaram a ponto de quase rasgá-la. O da cicatriz, com a mão direita, ergueu uma tesoura e, sob o olhar apavorado de Lucas, com a mão esquerda puxou a língua dele e num gesto preciso, cortou a ponta de sua língua ao meio.

Os homens o soltaram e Lucas caiu de joelhos, dilacerado pela dor. Tentava gritar, mas só conseguia emitir grunhidos tenebrosos, gorgolejando em sangue enquanto eles se afastavam, rindo. Lucas deitou, ficou no chão, tremendo de dor, cuspindo sangue e buscando ar. Um homem acorrentado a ele, deitado ao seu lado, segurou seu braço, tocou sua cabeça e falou em voz baixa.

— *Sasá... Sasá... Pituú! Kiri!*

Vai passar. Descanse. Durma.

Lucas, fechando a boca e respirando pelo nariz, foi recuperando lentamente o fôlego. O homem, com a mão em sua cabeça, começou a cantar.

— *Kiri... Kiri... Umbaá siquesauá...*

Durma, durma, não tenha medo.

Ouvindo aquela voz, Lucas perdeu os sentidos.

2

Lucas foi despertado com um chute nas costas. Abriu os olhos e recebeu no peito o chicote de um homem que lhe gritava.

— *Puánu! Puánu umanwanu!*

Levante! Levante ou vai morrer!

O dia estava nascendo e todos os acorrentados já estavam de pé. Lucas ergueu-se, e os homens vestidos montaram suas bestas e as puseram em marcha, arrastando junto a fieira dos prisioneiros, que eram oito. E, assim, feridos e sem qualquer alimento ou água, descalços, marcharam por todo o dia. Lucas logo entendeu que os pretos eram escravos fugidos, todos com a mesma marca em ferro e com velhas cicatrizes nas costas, mescladas com marcas novas e rubras. Os dois homens brancos e o preto com a cicatriz, a quem chamavam Puxi, eram capitães do mato, caçadores de escravos. Falavam pouco e sempre numa língua incompreensível, que em nada lembrava qualquer língua europeia, ou nenhum dos muitos dialetos que Lucas conheceu em Freetown, onde ouvira de tudo.

Ele era o penúltimo da fila; atrás vinha um menino que não podia ter mais de doze anos, e à frente o homem que amparou seu sono, com um grave ferimento na perna. Atravessaram uma mata fechada, o chão tramado de vegetação rasteira e espinhosa, chegaram a uma campina de grama alta e folhas cortantes, cruzaram um baixio alagadiço, depois um terreno pedregoso e acidentado, sempre no andar acelerado da cavalaria. Na descida de um barranco, esse homem escorregou e caiu, arrastando Lucas e o menino com ele. Puxi, o homem com a cicatriz, aproximou-se e chicoteou o menino repetidas vezes, até suas costas abrirem em sangue, apenas por ser quem estava ao alcance do açoite. Lucas ajudou o menino a erguer-se, o que lhe valeu duas chibatadas, e voltaram a caminhar, até o anoitecer, quando receberam ordens de parar e sentar no chão, junto a um riacho.

Os capitães desmontaram, beberam da água do riacho, enchendo seus cantis, e, depois de se afastarem, gritaram aos prisioneiros:

— *Ú ii!*

Bebam água!

Os prisioneiros correram ao riacho, arrastando Lucas junto, e atiraram-se ao chão, sorvendo a água cristalina. Ele fez o mesmo e matou sua sede, até serem chicoteados para se erguer e recuar para a margem, recebendo ordens para sentar. Por algumas horas ficaram sentados, em silêncio, enquanto os capitães cortavam madeiras e faziam um fogo alto, onde esquentaram uma panela de feijão. Comeram em cuias, com farinha, e beberam uma garrafa de aguardente, à vista dos presos famintos. Depois de comerem, os capitães cortaram e jogaram aos presos um cacho de bananas, muito verdes, que eles dividiram entre si. Receberam ordem de deitar, e deitaram. Durante a noite, os capitães se revezaram na vigia. Lucas não conseguiu dormir, passou a noite escutando os sons da floresta, os gritos de aves e os animais noturnos, enquanto pensava em como fugir.

Caminharam por mais quatro dias, cruzando uma serra baixa, atravessando campos e caminhos na mata, margeando um grande rio por terras alagadas de solo preto e argiloso, até chegarem num grande canavial e avistarem, numa elevação perto do rio, os muros e telhados de uma casa de fazenda, uma grande construção caiada de dois andares, feita de pedras, tijolos e madeiras, coberta de telhas de barro. Perto da casa-grande, Lucas pôde avistar o engenho, que conhecia da Ilha da Madeira onde o seu pai adotivo negociava a troca de vinho por açúcar. Lá, porém, era sempre um convidado da casa-grande, aqui foi levado com os outros presos para a senzala.

Foram recebidos por pretos vestidos em trapos de algodão, sem correntes, e uns poucos brancos, de botas e chapéus, armados. Um deles, de bigode, aproximou-se do grupo e, antes de dizer qualquer palavra, chicoteou violentamente o primeiro escravo da fila, uma, duas, muitas vezes, até que ele caiu de joelhos, e seguiu apanhando, com pontapés e chibatadas, mesmo depois de desfalecer. O homem de bigode então passou a gritar uma torrente de impropérios, aterrorizando a todos. Conversou com Puxi, o chefe dos capitães, que deu ordem aos outros para desmontar e entregar os animais a um dos escravos, que também recolheram o prisioneiro desacordado, as costas lavadas em sangue.

Os acorrentados entravam na senzala, sob chicotadas, pontapés e cusparadas, quando o homem de bigode olhou para Lucas e o deteve, perguntando algo aos capitães, que se referiram a ele como "Apeku" [língua]. Depois da resposta, o homem o examinou, seus dentes e braços, suas costas e pernas, observou e segurou seu pênis, apertou com muita força, soltou, observou. Reparou nas suas tatuagens nos braços, desenhos de aves coloridas, uma sereia, montanhas. Apontou para elas e perguntou:

— *Auá iara?*

Quem é o dono? — bateu fortemente em Lucas e perguntou outra vez — *Auá iara?* Mesmo que pudesse falar, ele não saberia o que responder, e apenas sacudiu a cabeça, recebendo outro tapa. O homem de bigode deu algumas instruções e Lucas, sempre com mãos e pés acorrentados, foi levado a um telheiro de palha onde empregados e escravos trabalhavam na ferraria dos cavalos. Ali, um dos homens pegou um ferro e o colocou num braseiro e Lucas, imaginando o que viria, tentou gritar e se debater. Foi segurado por três homens e golpeado nos rins com o cabo do chicote por um enquanto outro pegou o ferro, já em brasa, e se aproximou. O ferro ardeu em suas costas e Lucas, cego de dor, deu um grito silencioso, caiu. Foi erguido e arrastado para junto dos outros escravos, agora era um deles. A caminho da senzala, cruzou com os capitães do mato, já montados. Puxi olhou para ele e, com um dedo sobre a boca, fez sinal de silêncio.

Lucas custou a enxergar alguma coisa no interior da senzala, já estava deitado e preso pelos pés numa trave de madeira quando seus olhos se acostumaram com a escuridão. Sentou-se e olhou em torno. Era uma grande construção sem janelas, com algumas aberturas no teto. Estrados de madeira, esteiras de palha, vasilhames toscos, gamelas e utensílios de pau, trapos de algodão, algumas divisórias de palha, era tudo que havia. Junto com ele, no chão, alguns presos em correntes e cangas de madeira e, por todo lado, quase uma centena de seres humanos, homens, mulheres, alguns velhos e muitas crianças, todos pretos, todos com a mesma marca feita a fogo. Um velho aproximou-se com uma cuia de feijão e farinha. Lucas agradeceu e comeu, apesar da dor no ferimento da língua. O velho perguntou:

— *Vaen mairamé? Masuí?*

Quando chegou? De onde veio?

Lucas não entendeu, mostrou o corte na língua. O homem disse algo e afastou-se. Lucas deitou, fechou os olhos e dormiu.

No dia seguinte, os sete escravos capturados vivos foram cruelmente punidos. Foram amarrados ao pelourinho, um a um, e chicoteados, alguns até desmaiar. Os homens aceitaram a punição em silêncio, mas o menino chorava e pedia clemência, o que só provocava o riso dos feitores. Esposas e filhos dos fugitivos também foram torturados, na presença deles. Lucas teve um tratamento diferente, ficou preso pelas pernas, exposto ao sol e à chuva, por três dias, sem água nem alimento. A ferida aberta pelo ferro em brasa arruinara, um feitor a cobriu com cinzas, e ele ardia em febre quando foi recolhido e jogado entre os outros. Sem entender por que Lucas fora poupado do suplício mais severo, os escravos imaginaram ter sido ele o delator do grupo de fugitivos, e passaram a desprezá-lo. Foi enxotado, proibiram-no de dormir nas esteiras, jogaram terra em sua comida, urinaram sobre ele quando dormia.

Lucas foi posto para trabalhar com os escravos, aprendendo a imitá-los em todas as tarefas para não ser castigado. Era certo que estava mesmo no Brasil, os escravos eram chamados por nomes portugueses — Maria, Antonio, Joaquim —, mas o idioma em que se comunicavam, que chamavam nheengatu, em nada se parecia com o português. Lucas reconheceu entre os escravos falares semelhantes ao quimbundo, ao canúri e ao hauçá, mas não conhecia a forma escrita de nenhuma dessas línguas. Os escravos, vindos de muitos lugares, eram chamados todos "negros da Guiné" e eram tratados sempre da forma mais cruel e desumana possível. De fato, não eram considerados humanos, equiparando-se aos animais de carga.

Eram divididos, ele logo aprendeu, em três castas. Os crioulos e mulatos, nascidos na terra, que falavam bem o nheengatu, trabalhavam na casa ou perto dela, na horta ou no trato com animais. Os ladinos, escravizados na África, já haviam aprendido um pouco do idioma e das regras de obediência e trabalhavam no engenho, na plantação de tabaco, na olaria, em serviços de construção, ferraria e marcenaria. Aos boçais, recém-escravizados, e a todos os desobedientes ou intratáveis, era destinado o trabalho mais pesado no canavial, onde morria-se, quase sempre, antes dos trinta. Lucas era um boçal com pouca chance de se tornar um ladino pois, apesar de ser fluente em vários idiomas, não podia falar.

Um dia ele tentou escrever. Apanhou um carvão do braseiro e escreveu na parede da senzala:

"Alguém fala português?"

Ninguém se manifestou. Uma menina, a quem chamavam Luisa, tentou imitá-lo, pegou o carvão e desenhou alguns símbolos na parede, uma escrita que ele não reconheceu, mas que pareceu mandinga ou nagô queto. Lucas apontou para ela e escreveu:

"Luisa"

Luisa tentava reproduzir seu nome quando foi avistada pelo feitor, o homem de bigode a quem os escravos chamavam Murutinga, que a repreendeu severamente e chicoteou. Ela chorava e apontava para Lucas, que mostrava o carvão em sua mão, apontando para o próprio peito. O feitor não lhe deu atenção, e seus gritos e suas chicotadas continuaram, atraindo a atenção de outros empregados. Eles se aproximaram, agarraram a menina, a despiram dos seus poucos trapos de algodão e, à vista de todos, Murutinga a violentou sobre o estrado de madeira. Lucas avançou, furioso, mas foi contido pelos outros escravos. Quase todos baixaram os olhos ou voltaram-se de costas para a cena terrível, embora alguns tenham simplesmente observado tudo, impassíveis. Terminado o estupro, os homens se retiraram. Luisa, amparada por mulheres e por um homem, que podia ser seu pai ou irmão, encarou Lucas com uma expressão de ódio que gelou seu coração. Ele acabara de descobrir que, naquele lugar, um escravo não podia agir como um ser humano, ou todos sofrem.

Lucas passou a comportar-se como todos. Eram acordados às quatro da manhã por um sino.

Apresentavam-se ao feitor em fila e recebiam as tarefas do dia. Lucas e outros boçais e ladinos, num grupo de vinte, eram conduzidos à plantação, para colher ou plantar a cana. Trabalhavam ao sol em jornadas de quinze horas. Nos primeiros dias, a folha afiada da cana cortava seus dedos, o peso dos feixes afundava suas pernas no solo barrento e ele mal conseguia se mover, sendo constantemente chicoteado. Um dia, desfolhando a cana, fez um corte fundo no braço, e apanhou por isso. Noutro foram atacados pelos gentios de corpo pintado, indígenas da terra, a quem diziam ser canibais, com flechas e tacapes. Lucas viu-se frente a frente com uma flecha apontada para si e foi salvo por um tiro de espingarda disparado pelo feitor, que acertou o gentio, arrancando-lhe uma orelha. Dois escravos morreram, e dois indígenas, que tiveram a cabeça cortada e espetada em varas na borda da mata.

Aos poucos, Lucas foi recuperando as forças, apesar da alimentação rala. Depois de terem trabalhado cinco horas, às dez da manhã, comiam feijão com gordura e farinha, às vezes com pedaços desprezados do porco, às vezes bananas e goiabas. No meio da tarde recebiam cachaça com rapadura e, no começo da noite, o mesmo feijão com farinha da manhã. Quase todos comiam com as mãos. Lucas talhou para si uma colher de madeira, que logo apareceu quebrada. Ele então fez outra, que mantinha sempre consigo, como seu único tesouro. E fez mais uma, que ofereceu a Luisa, que a aceitou e guardou.

Dois anos se passaram. Lucas descobriu que estava na capitania de Pernambuco, a cova do mar, a primeira terra com homens brancos ao sul, para quem parte da Europa ou do norte da África. O engenho distava cinco léguas da vila de Olinda, ao norte, onde era comercializado o açúcar, levado em carros de bois e embarcado para a Europa no cais do Recife. O corte de sua língua cicatrizara e ele, com muito esforço, reaprendeu a falar algumas palavras, *eré* (sim), *nítio* (não), *ii* (água), *tata* (fogo), *tebiu* (comida), *puxi* (mal), nada mais. Também aprendeu a entender ordens em nheengatu e foi transferido das plantações para o engenho. Não sentiu saudades do chicote sob o sol inclemente, das cobras, de caminhar na lama sob o fardo pesado dos feixes de cana, mas não era menos duro o seu trabalho no "doce inferno do engenho", como foi descrito pelo padre Antonio Vieira. Passava dezesseis horas do dia fazendo girar a roda da moagem, alimentando de bagaço a fornalha onde "respira o incêndio" que faz ferver o caldo, purgando o melado fervente nas fôrmas do pão de açúcar:

> os etíopes banhados em suor, tão negros como robustos, que subministram a grossa e dura matéria ao fogo, e os forcados com que revolvem e atiçam, as caldeiras, ou lagos ferventes, com os cachões sempre batidos e rebatidos, já vomitando escumas, já exalando nuvens de vapores mais de calor que de fumo, e tornando-os a chover para outra vez os exalar, o ruído das rodas, das cadeias, da gente trabalhando vivamente, e gemendo tudo ao mesmo tempo, sem momento de tréguas nem de descanso.

Uma roda d'água faz girar os três mastros verticais que moem a cana, e não era incomum que algum infeliz tivesse a mão presa pelo mecanismo e fosse tragado para uma morte horrível, a menos que fosse salvo se prontamente lhe cortassem o braço. Lucas imaginava se os europeus, que tão longe dali se deliciavam em caldas e cremes, tinham consciência de que o breve prazer do açúcar era obtido às custas do sangue e sofrimento de nações inteiras, gerações de homens, mulheres e crianças pretas, caçados, transportados e torturados das formas mais cruéis. O açúcar dizimou os indígenas da terra e submeteu os africanos à escravidão. Estes, mesmo que pudessem, não tinham para onde fugir.

Mais três anos se passaram no ofício do engenho e Lucas, entorpecido pelo trabalho exaustivo e pelas atrocidades diárias, já havia praticamente esquecido que um dia não fora um escravo. Mas então seu desejo de justiça, que parecia sepultado, renasceu, transmutado em vingança.

A menina Luisa, crescida e feita de mucama na casa-grande, viu-se no caminho da crueldade da mulher do senhor do engenho, Josefa Maria, uma senhora corpulenta que parecia ter como única fonte de prazer os maus-tratos aos pretos. Tal mulher sentira uma forte dor no braço ao tentar abrir uma porta, no mesmo momento em que Luisa, que esfregava o chão da cozinha, cantarolava.

A mulher atribuiu suas dores aos feitiços da escrava, às mandingas, e a acusou de pactuar com o demônio. Para que confessasse seus crimes, Luisa foi torturada brutalmente pelo feitor com ferros em brasa, amarrada numa escada sobre uma fogueira que lhe queimava os pés, costuraram sua língua com quatro linhas, pingaram lacre aceso sobre seus genitais, perfuraram seu olho esquerdo com uma taquara de ponta fina, e a espancaram no tronco até ter o osso do ombro quebrado.

Luisa tentou matar-se várias vezes, mas foi impedida e espancada por varas do mato até ter o corpo coberto de sangue. Amarraram-na ao sol, para ser mordida pelas moscas, por dois dias. Por fim, para livrar-se do suplício, ela confirmou todas as acusações, que sim, fizera pacto com o diabo, que por várias vezes preparou poções com raízes, sapos, unhas e cabelos, para enfeitiçar seus senhores. Por sua confissão ao padre José de Andrade, tio de sua senhora, Luisa foi condenada à morte na forca e levada para a cidade. Antes de partir para sempre, entregou a Lucas a colher que ele, ou alguém que ele fora antes de se tornar um escravo, talhara. Ele a guardou e, vendo Luisa afastar-se de mãos atadas no lombo de um jumento, jurou que não morreria escravizado.

3

Lucas passava os dias pensando em como fugir e as noites sonhando com isso, e viu surgir uma esperança na forma de uma mulher. Ele voltava ao engenho depois de carregar o carro de bois quando ouviu uma voz masculina, em português:

— Tereza, entre na casa!

Lucas reteve o passo, pegou um balde e parou perto do poço. No alpendre em frente à casa, sombreado por uma grande árvore, avistou uma moça branca, que já devia ter mais de vinte anos, com um vestido de mangas longas e chapéu, sentada a uma mesa, escrevendo. Além de empregados e crianças, Lucas vira poucas pessoas brancas no engenho, e as mulheres, matronas obesas, casavam aos catorze anos e aos vinte, depois de muitos filhos e muitos doces consumidos em total ociosidade, pareciam velhas. Eram analfabetas, como quase todos os homens. Tereza era uma mulher adulta que falava português e sabia ler.

— Tereza!

Tereza largou a pena, fechou o tinteiro, secou o papel com um mata-borrão, e o dobrou, guardando-o num caderno, e entrou na casa. Lucas ficou olhando para o caderno, a pena, a tinta, pensando que tinha uma chance, talvez alguns minutos para uma ação que podia lhe salvar ou lhe custar a vida — não muito valiosa de perder.

Lucas atravessou o gramado que cercava o alpendre, aproximando-se da casa. Sabia que se fosse visto ali seria amarrado ao tronco e chicoteado. Cruzou a balaustrada, caminhou pelo alpendre, pegou o caderno, a pena, a tinta, colocou tudo no balde e afastou-se da casa tão logo conseguiu sem correr. O caderno era um pouco maior que o balde e Lucas tentava dobrá-lo quando avistou Murutinga, o feitor, vindo em sua direção. Tinha visto um homem ser chicoteado até quase morrer por ter roubado duas rapaduras, as mesmas que fabricava às centenas, diariamente. Se fosse apanhado roubando objetos da casa poderia ser enforcado. Teria, na melhor chance, os dedos ou as mãos cortadas, castigo dos ladrões. Então tirou o turbante, enxugou o suor da testa e o jogou no balde, sobre o caderno, pouco antes de cruzar com o feitor, que não lhe deu atenção.

Chegou na senzala com o balde e o colocou num canto, cobriu de palha. Sentou-se encostado na parede, e assim ficou por muitas horas, pensando no que fazer enquanto esperava todos dormirem. Teria que escrever algo e fazer chegar à senhora Tereza, algo que a convencesse a ajudá-lo. O que diria? Teria que escrever à noite, mas como no escuro? Quando enfim os outros dormiam, Lucas tirou do balde o caderno, o tinteiro e a pena, enrolou em palha e enterrou junto à parede. Deitou-se sobre seu tesouro e tentou dormir, sem conseguir. Ficou fazendo planos, escrevendo e reescrevendo mil vezes na cabeça as palavras que poderiam lhe fazer livre.

Lucas passou a guardar cada sebo e gordura da carne que encontrava nas sobras da comida. Com o solo argiloso de massapé moldou cilindros de barro, e os queimou no forno do engenho. Desfiou seus trapos de algodão, trançou em fios e, com lascas de taquara, preparou o pavio em moldes de velas. Quando conseguiu fazer alguns, derreteu a gordura e o sebo e derramou nos moldes. Depois de esfriar quebrou a argila, e, embora algumas velas tenham esfarelado, outras resistiram e duas ficaram muito boas. Com folhas das palmeiras, tramou uma esteira e prendeu na parede. No dia em que tudo estava pronto, esperou que os outros dormissem para desenterrar o caderno. Fez queimar uma palha no braseiro e, escondendo-se atrás da esteira, acendeu sua vela. Abriu o caderno para escrever o texto que já sabia de cor, mas descobriu que muitas das folhas estavam cobertas de desenhos, cenas da natureza, plantas, árvores, paisagens, personagens e prédios de Olinda. Encontrou, dobrada, uma carta, que não trazia assinatura por não ter fim. Sentiu-se incomodado de ler correspondência alheia, mas sua condição de escravizado não lhe dava direito a cavalheirismos e saber mais sobre a pessoa a quem escreveria podia salvar-lhe a vida.

Província de Pernambuco, terra do Brasil, mês de outubro do ano da graça de 1613.
Estimada sra. Delfina,

Espero que esta carta a alcance em paz e com saúde. Encontro-me em segurança, na casa de meu tio, num engenho de cana-de-açúcar distante cinco léguas de Olinda, uma vila bem protegida, bem abastecida de alimentos e de boas águas, onde se reza missa aos domingos na Igreja de Nossa Senhora do Amparo. Minha viagem foi tranquila, um mês e meio em mar calmo e bons ventos que me trouxeram em segurança ao Brasil. A alimentação a bordo era ruim e escassa, pouco mais que peixe salgado e biscoitos, assim como as acomodações, mas minhas preces foram atendidas e não enfrentamos tempestades, nem corsários, nem avistamos monstros marinhos.

A residência de meu tio, em sítio tão jovem e distante, é uma ótima surpresa. É uma construção grande e arejada, os banquetes guarnecidos de extraordinárias iguarias, os leitos de damasco carmesim, franjados de ouro e cobertos com ricas colchas da Índia. A louçaria é inglesa, os talheres de prata, espanhóis, os móveis das melhores madeiras de lei. A esposa de meu tio conserva uma pequena capela ricamente decorada, com uma bela imagem de santa Catarina, que me disse ser portuguesa, e outras imagens muito bem talhadas por negros da terra, entre elas uma imagem do Senhor Morto de grande beleza e realidade.

Tenho seguido em minhas leituras da Bíblia e da Legenda Áurea, me alimento bem, as águas são excelentes, de fato é o que mais me agrada nesta terra, suas águas. O mar é verde, de água cristalina e, dizem, quase morna. A água do rio pode ser bebida na mão em concha. A caça é farta, os peixes muitos e de excelente sabor, as frutas da terra são as mais variadas e suculentas. Não abandonei o hábito de desenhar. A natureza exuberante e virgem da terra, suas plantas, flores, são um convite à pena, mas o papel é escasso e a tinta muito cara.

Todo o trabalho da casa, do engenho e da fazenda é feito pelos negros da Guiné, a quem, para meu desgosto, tratam com muita crueza, e dizem que o mesmo se passa na Bahia. A esposa de meu tio

A carta foi interrompida nesse ponto. A referência aos maus-tratos dos escravos deu a Lucas a esperança de que sua mensagem fosse bem recebida. Ele pegou a pena, o tinteiro, abriu o caderno e experimentou escrever. Sua primeira tentativa foi desastrosa; havia perdido o hábito da escrita, que fora sua vida, e agora as mãos grossas mal conseguiam dominar a pena. Encheu o papel com borrões e garranchos, mas, aos poucos, foi conseguindo controlar a tinta e escreveu a carta de memória.

Muito digna e estimada sra. Tereza,

Peço desculpas por tratá-la pelo primeiro nome, o faço apenas por não conhecer seu nome de família. Meu nome é Lucas Camacho Fernandez, conforme fui batizado por meus pais na igreja de St. Andrew, em Holborn. Nasci em Londres, sou um súdito do rei Jaime I da Inglaterra. Fiz meus primeiros estudos na St. Paul's School, aos dezoito fui admitido em Cambridge, onde fiz minha formação em línguas. Sou escrivão, tradutor e intérprete, fluente em inglês, francês, português, espanhol, tenho noções de italiano, alemão, latim e um pouco de grego. Conheço alguns dialetos africanos, falo, leio e escrevo iorubá. Viajei embarcado na nau inglesa *Red Dragon*, comandada pelo capitão William Keeling, e naufragamos, creio eu, pouco antes de chegar ao Brasil, na costa da província de Pernambuco. A divina providência poupou minha vida e me conduziu até a praia, e então me abandonou. Fui tomado por escravo, preso e tive a ponta de minha língua cortada, o que me impede de falar pouco mais que algumas palavras. Fui trazido a este engenho com outros escravos fugidos e aqui estou há cinco anos. Foi o desespero de comunicar minha condição que me fez roubar este caderno, pena e tinta, que pretendo devolver assim que a sorte me permita. Não posso escrever muito, Deus sabe o quanto me custa furtar este tempo enquanto todos dormem. Caso a senhora e seus tios concordem em me receber, poderei narrar com mais detalhes minhas desventuras. Se puder contar com a generosidade e compreensão do senhor seu tio, proprietário do engenho, estou pronto a comprar minha liberdade ou, ao menos, servir-lhe de maneira mais útil como criado doméstico. Que Deus a ilumine.

Assino: Lucas Camacho Fernandez

P.S. — *"Liberté. La vraie, c'est pouvoir toute chose sur soi"*. A verdadeira liberdade está no poder sobre si mesmo. Michel de Montaigne.

Lucas terminou de escrever quando sua última vela se apagava, e ele usava o resto de luz para observar melhor os desenhos do caderno quando viu arrancada a esteira que lhe protegia. Sebastião, o pai de Luisa, que sempre o culpara pela má sorte da filha, olhou para os objetos nas suas mãos. Os dois ficaram algum tempo imóveis, terçando suas dores e ódios com o olhar. Então Sebastião deu as costas e saiu, em silêncio. Ele poderia entregá-lo, Lucas tinha que devolver o caderno o mais rápido que pudesse. Pensou em pedir a algum dos escravos domésticos que o deixasse na casa, logo desistiu. Mesmo que conseguisse explicar seus motivos, nenhum aceitaria a tarefa: quem fosse apanhado seria cruelmente punido. Destacou algumas folhas do caderno, as dobrou e juntou com o tinteiro e a pena, embrulhou tudo na palha e enterrou. Colocou o caderno dentro da calça, desfez o turbante e o enrolou na cintura. E ficou de pé, encostado na parede, esperando o sino chamar para o trabalho.

Ainda era noite quando Murutinga abriu a porta, e Lucas foi o primeiro a sair. Caminhou para o engenho, em passo acelerado, passou pela casa, às escuras, e escondeu-se entre as árvores. Esperou que todos passassem em direção ao engenho e então correu pelo gramado da casa, até o alpendre, e jogou o caderno sobre um banco. Correu para o engenho e quase bateu de frente com Murutinga, que o encarou. Lucas baixou a cabeça, e o feitor bateu nele com o chicote e o empurrou para o trabalho.

Dois dias se passaram quando, no meio da tarde, o sino tocou. Os feitores chamaram todos os escravos, que foram reunidos no pátio do engenho e colocados em fila. O senhor do engenho, a quem chamavam sr. Durval, um homem atarracado e barbudo que Lucas só avistara umas poucas vezes, aproximou-se montado a cavalo. Vinha seguido de uma charrete, conduzida por um escravo, trazendo a sra. Tereza e sua tia, d. Josefa Maria. Atrás deles, a pé, um padre bastante jovem. O grupo se deteve a certa distância. Murutinga adiantou-se e mostrou aos escravizados o caderno.

— *Iandê pysyk? Awá taá pysyk?*

Você pegou? Quem pegou?

Todos permaneceram em total silêncio. Lucas olhou para Tereza tentando perceber seu estado de espírito, mas mal podia ver seu rosto, à sombra do chapéu. Murutinga aproximou-se da fila, uma escrava de catorze anos. Mostrou a ela o caderno e perguntou:

— *Iandê pysyk?*

Ela balançou a cabeça.

— *Awá taá pysyk?*

Ela voltou a balançar a cabeça. Murutinga bateu no rosto dela com o chicote, uma, duas, três vezes, até que ela caiu de joelhos, e passou a bater em suas costas, duas vezes. Lucas percebeu que Sebastião o encarava. Murutinga aproximou-se da segunda da fila, uma mulher, grávida.

— *Iandê pysyk?*

A mulher negou. Murutinga ergueu o chicote, Tereza gritou.

— Pare com isso!

Tereza desceu da charrete, sob os protestos da tia Josefa, que tentou contê-la. Tereza aproximou-se, parou ao lado de Murutinga, tirou o caderno das mãos dele e encarou os escravos. Quase todos olhavam para o chão.

— *Si certain d'entre vous s'appelle Lucas Fernandez, je vous demande de vous présenter. Croyez-moi, je vous garantis que vous ne serez pas puni.* Se algum de vocês chama-se Lucas Fernandez, peço que se apresente. Confie em mim, garanto que não será punido.

Lucas ergueu o rosto, encarou Tereza e deu um passo à frente. Murutinga o encarou, os outros escravizados se afastaram o quanto puderam. O sr. Durval falou pela primeira vez.

— Murutinga! Dê roupas limpas a este homem. E um banho. Então o leve à minha casa. E não bata nele, de jeito nenhum. Entendeu?

Murutinga assentiu.

— Podem voltar ao trabalho!

O sr. Durval deu meia-volta no cavalo e partiu. A sra. Tereza ficou observando Lucas, e ele a ela, até que d. Josefa a puxou de volta para a charrete, e partiram em seguida. Murutinga encarou Lucas.

— Você entende português?

Ele assentiu.

— E está esperando o quê? Vá tomar banho, negro!

Lucas tomou banho, recebeu uma calça e uma camisa de algodão e foi levado por Murutinga até a casa-grande. Cruzaram o gramado sob os olhares da sra. Tereza, sr. Durval, d. Josefa e frei Manoel, que os esperavam no alpendre. Lucas entregou a Tereza um embrulho de palha com o tinteiro, a pena e as folhas do caderno. D. Josefa Maria, com um pano protegendo a mão, pegou os objetos de Tereza e os limpou.

Frei Manoel foi o primeiro a falar. Perguntou se Lucas entendia português, que aquiesceu. Se ele era cristão, Lucas fez o sinal da cruz e juntou as mãos, e o padre sorriu. Tereza fez menção de perguntar algo, mas o sr. Durval a deteve, mandou que deixasse o padre falar, e disse que qualquer recém-chegado da Guiné aprende logo a fazer o sinal da cruz. Lucas estendeu a mão a d. Josefa, pedindo o papel e a tinta. Tereza olhou para o tio, que concordou, e ela os entregou a Lucas. Pedindo permissão em silêncio, Lucas se sentou, preparou papel e tinta e escreveu.

"*Veritas filia temporis.*"

O frei apanhou o papel, leu em voz alta, traduziu, "A verdade é filha do tempo". Reconheceu a citação latina, talvez de Aulo Gélio? Lucas assentiu e escreveu: "em *Noctes Atticae*". Frei Manoel disse estar convencido, garantiu ao sr. Durval que

Lucas dizia a verdade, que fora mesmo educado em boas escolas, certamente não era um boçal. Tereza pediu a Lucas que dissesse o que o trouxera ao Brasil, o que poderiam fazer para ajudá-lo. Já o sr. Durval acrescentou que não aceitaria ter prejuízo, um bom escravo custa um conto de réis. Lucas pegou o papel e escreveu, sob o olhar atento de todos.

>Muito ilustre sr. Durval,
>
>Agradeço pela consideração em receber-me benignamente sob seu amparo. Em resposta, informo que vim ao Brasil em busca de meu tio, atendendo um pedido feito por minha mãe em seu leito de morte. Espero encontrá-lo em Olinda, com saúde. Ela estava certa de que o irmão prosperara nestas terras. Caso eu possa alcançá-lo e se confirmem os bons augúrios de minha mãe, pagarei por minha liberdade com os préstimos de meu tio. Caso a sorte não me sorria, seguirei como escravo, talvez podendo servi-lo melhor em outras tarefas. Me coloco a sua mercê. Assino, Lucas Camacho Fernandez.

O sr. Durval escutou a mensagem lida em voz alta pelo frei, garantiu que nunca havia sido chamado de "muito ilustre", e ficou algum tempo em silêncio. Mandou que Murutinga levasse Lucas de volta à senzala para deliberar o que fazer. Tereza pediu ao tio que Lucas não fosse castigado, ele concordou e entrou na casa.

Sebastião e a menina que apanhara de Murutinga, todos silenciaram quando Lucas voltou à senzala, que caminhou até o braseiro, pegou um carvão e escreveu na parede:

Lucas Camacho Fernandez

Foi para o seu lugar junto à parede e se sentou. Talvez fosse morto pelos escravos, talvez pelo feitor. Exausto, adormeceu pensando que, se aquela fosse a sua última noite, ao menos saberiam seu nome.

Lucas apresentou-se ao trabalho como todos, até que foi chamado por Murutinga e levado à casa. Tereza pedira ao tio para que Lucas passasse aos trabalhos domésticos, que concordou, desde que Tereza só estivesse com ele na presença da tia e das mucamas. Ela o recebeu e o convidou a entrar na casa, dispensando o feitor. Lucas entrou na cozinha, sentiu o aroma do ensopado e das caças no fogo, havia mais de cinco anos não comia nada além de feijão, farinha, mandioca e frutas. Ela lhe ofereceu um pedaço de pão; comeu, deliciado. Mandou que servissem a Lucas um prato de sopa. Depois foi convidado para conhecer a casa, sempre acompanhado da tia Josefa, de duas mucamas e de um escravo muito forte. Observou os móveis, um vaso de porcelana, o lustre de cristal, as cadeiras forradas de veludo, uma grande tapeçaria retratando uma cena de caça. Aproximou-se de um piano, a que Tereza perguntou se ele sabia tocar, balançou a cabeça, um pouco. Ela abriu o piano e pediu que ele tocasse. Lucas sentou-se, experimentou o teclado e tocou a melodia sefardita *A rosa floresce*, a princípio com erros, logo corrigindo-se e avançando com mais segurança. Todos ouviram em silêncio e, ao final, Tereza sorriu.

4

Lucas foi ganhando aos poucos a confiança da casa. Ajudava na cozinha, sabia preparar temperos e massas, era hábil em serviços de marcenaria, consertou uma janela que há muito não fechava. Passou a dormir na cozinha, como outros escravos domésticos. Ensaiava dizer algumas palavras como "sim", "não", "por favor" e "obrigado". Logo recuperou plenamente a habilidade da escrita, e Tereza, o sr. Durval e também tia Josefa ditavam cartas que ele escrevia com a caligrafia perfeita.

Tereza perguntava sobre suas aventuras na África e, enquanto a tia dormitava numa poltrona, falava com ele em francês. Presenteou Lucas com blocos de papel e lápis de madeira e plumbagina, mais práticos que tinta e pena. Ele preenchia folhas e folhas com suas histórias, e ela desenhava sobre os relatos. D. Josefa Maria, que era analfabeta, logo perdeu o interesse pelas longas conversas da sobrinha com um escravo quase mudo.

Lucas contou a história de sua mãe, a Luci Negra, nascida Okun, de como se despedira do irmão no navio dos traficantes, e revelou que seria o filho de um poeta ou de um guerreiro. Ela nunca tinha ouvido falar em William Shakespeare, mas sabia bem as histórias de Francis Drake, por ser filha de marinheiro.

Já ela contou que era órfã; a mãe morrera logo depois de dar-lhe à luz, o pai desaparecera num naufrágio a caminho da Índias. Estudou no Real Colégio das Artes e Humanidades de Coimbra e foi mandada ao Brasil para, sob os cuidados dos tios, arranjar casamento. Com vinte e quatro anos, era uma solteirona esperando encontrar um marido entre os colonos portugueses naquela terra selvagem. Isso, ou a morte. Lucas ponderou que ela era muito jovem para pensar na morte, e escreveu para ela o soneto 66 de Shakespeare, que sabia de cor.

> *Tir'd with all these, for restful death I cry,*
> *As, to behold desert a beggar born,*

And needy nothing trimm'd in jollity,
And purest faith unhappily forsworn,
And gilded honour shamefully misplac'd,
And maiden virtue rudely strumpeted,
And right perfection wrongfully disgrac'd,
And strength by limping sway disabled
And art made tongue-tied by authority,
And folly, doctor-like, controlling skill,
And simple truth miscall'd simplicity,
And captive good attending captain ill.
   Tir'd with all these, from these would I be gone,
   Save that, to die, I leave my love alone.*

Escreveram juntos ao frei Manoel, pedindo ajuda para encontrar Kalu. Ele deveria estar, se

---

* Em tradução livre: "Farto de tudo, clamo a paz da morte/ Ao ver quem de valor penar em vida,/ E os mais inúteis com riqueza e sorte,/ E a fé mais pura triste ao ser traída,/ E altas honras a quem vale nada/ E a virtude virginal prostituída,/ E a plena perfeição caluniada/ E a força, vacilante, enfraquecida,/ E o déspota calar a voz da arte/ E o néscio, feito um sábio, decidindo/ E o todo, simples, tido como parte/ E o bom a mau patrão servindo./ Farto de tudo, penso, parto sem dor,/ Mas, se partir, deixo só o meu amor".

vivo, com cerca de quarenta e cinco anos e trazia um L marcado no corpo. O frei Manoel respondeu que a tarefa era como procurar um grão de areia na praia. Os navios negreiros despejavam na província centenas de escravizados a cada semana, e seu tio chegara havia mais de trinta anos, em data incerta; não tinham nem mesmo o nome da embarcação. De qualquer modo, prometeu ajudá-los se fossem a Olinda, alertando que Lucas não deveria revelar a ninguém ser um súdito inglês, já que poderia ser preso como espião. A viagem foi marcada.

Ao nascer do sol certa manhã, Tereza e Lucas, na companhia de tia Josefa, dois escravos de confiança e duas mucamas, partiram para Olinda. A viagem duraria dois dias e além de procurar Kalu, Tereza tinha a missão de comprar mantimentos e tecidos, e a sra. Josefa de consultar um médico e comprar sal-gema, pois padecia de bócio e já quase não podia mais respirar ou falar. Pernoitaram no engenho do sr. Pedro Capico, o mais antigo de Pernambuco, e chegaram em Olinda ao entardecer. A vila dominava uma elevação cercada de águas e com privilegiada visão do mar e dos recifes, onde os navios aportavam, e eram dezenas, de muitas bandeiras. Na vila, guarnecida de muralhas e canhões, destacava-se o prédio do Senado da Câmara, em construção, e uma igreja com duas torres e sino. Casarões de dois andares cercados de muros, capelas e casas de comércio, sobrados e casarios de tijolos e cobertos de telhas, mansardas e casebres de pau a pique e sapê, esparramavam-se pela colina entre ladeiras de pedra e de barro. Um século de produção de açúcar criara muita riqueza e uma multidão de pobres e escravizados.

Antes de Tereza vir ao Brasil, frei Manoel, por carta, descrevera-lhe a cidade:

> Olinda, cabeça da capitania de Pernambuco, nobre em moradores, famosa em templos e edifícios, a mais deliciosa, próspera, abundante, e não sei se me adiantarei muito se disser a mais rica de quantas ultramarinas o Reino de Portugal tem debaixo de sua coroa e cetro. O ouro e prata em sem número, o açúcar tanto que não há embarcações para carregar, com que entrarem cada dia, e saírem do seu porto grandes frotas de naus, navios e caravelas. O fausto, e aparato das casas é excessivo, o mais pobre tem seu serviço de prata, se fala

em fechaduras de prata nas portas, pelo menos nas suas principais residências.

Lucas, Tereza e frei Manoel foram hospedados na Igreja de São João Batista dos Militares. D. Josefa Maria, acometida de uma indisposição gástrica, foi atendida pelas freiras da Igreja do Carmo e recolheu-se. Depois de comer, frei Manoel reforçou a Lucas e a Tereza a pouca esperança que tinha de encontrar Kalu. Ele pedira informações na Intendência, e são mais de cinco mil negros da Guiné espalhados pela vila e outros tantos por mais de uma centena de engenhos. Seu tio, se vivo, poderia estar em qualquer lugar e certamente não seria conhecido pelo nome africano. O frei estranhou que Lucas, que parecia tão inteligente, tivesse deixado a segurança da casa de seu pai na Ilha da Madeira sem refletir, numa jornada com pouca ou nenhuma chance de êxito. Lucas tirou de sua bolsa uma carta e entregou a Tereza, que a leu em voz alta.

Minha muito estimada sra. Tereza de Jesus Vieira, muito estimado frei Manoel Calado,
A promessa que fiz a minha mãe no leito de

morte, de encontrar seu irmão perdido há mais de trinta anos numa terra selvagem além-mar, nunca me pareceu possível de ser levada a bom termo. Prometi a ela cruzar o Atlântico e perguntar por seu irmão Kalu. Cumpri a promessa e paguei com minha voz e anos de escravidão. Peço desculpas por ocultar, até aqui, a quem merece toda minha estima e confiança, o verdadeiro propósito de minha viagem ao Brasil, mas logo saberão meus motivos. Minha mãe, como já contei, foi levada à Inglaterra pelo capitão Francis Drake. E, por confiar nela mais do que em qualquer outro, Drake a fez guardiã de um segredo de valor incalculável: o local exato onde escondeu um imenso tesouro, fruto de uma vida de saques a navios espanhóis, grandes galeões que cruzavam o mar abarrotados de ouro, prata e pedrarias, que fizeram dele um dos homens mais ricos da Europa. O capitão pretendia resgatar seu tesouro assim que deixasse a vida no mar, o que nunca aconteceu, foi a vida que o deixou, há vinte anos, no mar. Eu sei onde está escondido o tesouro de Francis Drake. Eu os convido a buscá-lo e dividi-lo, em partes iguais. Estava pronto a fazer a mesma oferta ao capitão William

Keeling, mas a natureza, impiedosa, fez seus próprios planos.

Tereza e frei Manoel custaram a acreditar em Lucas. Lendas de tesouros escondidos eram para crianças ou malucos, e o frei chegou a duvidar de sua sanidade. Lucas escreveu: "eu tenho um mapa". Tereza achou graça, e então irritou-se, como teria sido possível que depois de um naufrágio, de ser capturado nu, escravizado, vendido e mantido preso por mais de cinco anos, ter escondido com ele, esse tempo todo, o mapa de um valioso tesouro? Lucas tirou a camisa e mostrou as tatuagens nos braços. No direito, um mapa da terra dos papagaios e coordenadas náuticas. No esquerdo, inscrições em iorubá e uma sereia entre as ondas e rochas da Ilha da Quaresma.

Os dias que se seguiram foram de preparação e planejamento. O mapa com o litoral brasileiro que Lucas trazia gravado em seu corpo era o Planisfério de Cantino, a mais antiga carta náutica das Américas, feita em 1502 por encomenda de um nobre espanhol ao espião italiano Alberto Cantino. O mapa indicava precisamente a localização do Brasil e da Ilha da Quaresma, depois chamada de Ilha de São João, que em seguida foi tornada capitania hereditária de Fernão de Loronha, judeu português convertido ao cristianismo, que se tornou um dos primeiros comerciantes de pau-brasil e usara a ilha como entreposto. Pelo que soube frei Manoel, a ilha sofrera diversos ataques de piratas franceses, espanhóis e holandeses, e estava abandonada há cinquenta anos. A viagem num pequeno barco a vela até a ilha, distante duzentas e cinquenta milhas do litoral de Pernambuco, podia levar dois ou três dias, dependendo dos ventos.

Tereza pegou o dinheiro destinado às compras do engenho e, seguindo as instruções de Lucas, comprou cordas, roldanas, machadinhas, facões e sacolas de couro. Frei Manoel contratou marinheiros de confiança, dois homens fortes de nome Rosa e Estrela, a quem não declarou o destino da viagem, apenas revelando serem três os passageiros, ele mesmo, uma mulher e um escravo liberto, com uma carga de cinco barris de frutas e duas caixas — e um pagamento exorbitante pelo silêncio dos dois. Fizeram tudo sem despertar a desconfiança de d. Josefa, que julgava estarem em busca do parente perdido do escravo e passava os dias entre curas, barbeiros e benzedeiras, pois o médico havia garantido que sua doença, a que chamavam papo, não tinha mais cura sem intervenção cirúrgica — que ela se negava a fazer —, e receitava-lhe intermináveis sangrias com sanguessugas.

Na véspera da partida, Lucas ponderou com a sra. Tereza que a viagem seria perigosa e que seu tio, quando tomasse conhecimento da fuga, mandaria homens para buscá-la. Ele compreenderia perfeitamente e considerava até prudente que ela não o acompanhasse, pois seria um escravo foragido. Era uma moça rica, à espera de um bom casamento, e não tinha motivos para jogar-se em tal aventura. Ela leu a mensagem, rasgou e jogou ao vento. Tereza olhou para Lucas e eles se beijaram longamente, e quase foram surpreendidos por frei Manoel, que chegou avisando estar tudo pronto, partiriam ao amanhecer.

Tereza saiu da cama no meio da noite, vestiu-se e deixou um bilhete para a tia, garantindo que devolveria o dinheiro assim que pudesse e pedindo que não fosse seguida, ia para Salvador e de lá de volta a Portugal. Lucas e frei Manoel a esperavam junto ao muro da igreja. Embarcaram no cais do Recife e, com bons ventos do poente, partiram para o alto-mar no pequeno barco a vela, com mantimentos para a viagem e cinco barris para goiabas, cajus e limões.

D. Josefa Maria deu falta da sobrinha no café da manhã. De Lucas e de frei Manoel logo em seguida, e então encontrou o bilhete de Tereza. Pediu a uma freira que o lesse e logo mandou chamar a polícia: sua sobrinha fora raptada por um escravo, roubaram todo o dinheiro que levava e fugiram para a Bahia. O chefe de polícia deu ordens de busca, d. Josefa mandou o bilhete de Tereza ao marido, por um emissário a cavalo, a toda pressa. Esperou dois dias pela resposta breve: "volte para casa". O sr. Durval, que não acreditara no bilhete de Tereza, mandou que Murutinga chamasse Puxi, seu melhor caçador de escravos. Queria a sobrinha viva e a cabeça de Lucas num balde com sal, para ser exposta em praça pública.

A embarcação chegou ao arquipélago de Fernão de Loronha no fim do segundo dia de viagem. Fundearam na Baía de Santo Antônio, ao norte da ilha maior. Dormiram embarcados, sob uma forte chuva. Na manhã seguinte, com tempo bom, um dos marinheiros os levou de bote até a ilha, onde desembarcaram com as duas caixas. O frei Manoel ordenou que retornasse ao barco, onde deviam esperar até que ele mandasse sinais indicando para onde deviam trazer os barris. Tinham mantimentos para uma semana, queijos e salames, e logo encontraram uma fonte de água brotando junto à praia.

Assim que ficaram a sós na ilha, Lucas, Tereza e frei Manoel pegaram as duas caixas e partiram em caminhada. Seguindo a orientação de Lucas, deixaram a praia e foram subindo pela encosta da ilha, até a beira de uma falésia, onde encontraram as ruínas de uma antiga fortificação de pedra e madeira. Descansaram e tomaram água. Abriram as caixas, pegaram as cordas, roldanas, machadinhas e os facões, então derrubaram uma pequena palmeira. Limparam o tronco, que chegava a uma braça. Depois disso, comeram e esperaram o pôr do sol.

Lucas mostrou na tatuagem do braço a sereia e as pedras. E leu a inscrição em iorubá: "o poente entre os seios leva ao ninho do dragão". Frei Manoel se perguntou se a inscrição fazia algum sentido, mas não ousou fazê-lo em voz alta. Lucas mostrou o sol que se punha entre duas grandes formações rochosas sobre o mar, indicadas no mapa pelo busto da sereia. Pouco antes do sol esconder-se, uma faixa de luz entre as pedras marcou a pedra do penhasco. Lucas marcou o lugar exato com uma pedra. Como tantas vezes lhe descrevera sua mãe, era por ali que tinham que descer para chegar ao ninho do dragão, assim que amanhecesse.

Fizeram fogo e prepararam um local para dormir. Frei Manoel adormeceu logo, Lucas e Tereza perderam o sono com tantas estrelas e noite de lua nova. Tereza falou de seus planos para sua parte no tesouro. Queria abrir uma editora de livros e uma livraria, em Londres. E comprar um telescópio para estudar astronomia. Ela apontou para uma estrela, das mais brilhantes no céu, Canopus, da constelação Argo Navis. Canopus era a guia do navio de Menelau quando partiu para buscar Helena. Seu pai ensinara que a estrela indica aos navegantes o sul, é neste céu que ela vive. Lucas escreveu um bilhete e entregou a ela, que teve que se aproximar da fogueira para ler.

"Você quer se casar comigo?"

Ela disse que sim e eles se beijaram. Acordaram frei Manoel e pediram que os casasse. O frei demorou algum tempo até entender o pedido e então, sem discutir, realizou a cerimônia, depois da qual julgou ser uma boa ideia dar alguma intimidade aos noivos e foi dormir na praia.

Lucas e Tereza, agora marido e mulher, amaram-se sob o brilho das grandes estrelas do hemisfério sul, Sirius, Canopus, Alpha Centaury, a Via Láctea tão clara e viva que iluminava o rosto dos amantes.

Antes do dia amanhecer, frei Manoel encontrou Lucas e Tereza amarrando a corda num bloco de pedra da ruína da fortificação. Foram até a beira da falésia, no exato local marcado por Lucas. Ele passou a corda pela cintura e começou a descida, com os pés apoiados na parede de pedra, até uma saliência, duas braças abaixo, onde pôde ficar de pé e soltar a corda. Tereza e frei Manoel viram Lucas desaparecer na rocha.

Esperaram algum tempo e então ouviram um

rugido medonho de uma fera, seguido de um longo silêncio. Tereza agarrou-se à corda e, antes que frei Manoel pudesse impedi-la, desceu com um machado na cintura pela parede até a entrada da caverna. Nenhum sinal de Lucas. E, outra vez o rugido da fera se ouviu, gelando seu sangue. Frei Manoel gritou que ela subisse imediatamente, mas Tereza ignorou a ordem, empunhou o machado e entrou na caverna. O rugido soou mais forte e próximo. Viu, então, na rocha, uma fenda que descia até o mar. A água, que subia entre as pedras pela força da maré, ao refluir provocava aquele som tenebroso, o ronco do dragão. Tereza pulou a fenda e teve que se abaixar para entrar numa câmara ampla onde Lucas a esperava, sentado sobre uma das muitas arcas do tesouro de Francis Drake.

5

Lucas e Tereza gritavam de alegria quando um muito assustado frei Manoel entrou na caverna. Pensava que os encontraria destroçados pelo dragão, e só então viu as arcas, fechadas e amarradas por cordas grossas e enegrecidas pelo tempo. Com o machado, Lucas as rompeu, quebrou a tranca e abriu uma das arcas. Sob seus olhos, uma fortuna em moedas de ouro, prata e pedras preciosas, e muitas joias. Apenas uma arca daquelas prometia a eles uma vida de reis. Contaram, eram oito. Saíram dali e, enquanto Lucas e Tereza preparavam cordas e roldanas, frei Manoel correu para a praia e sinalizou aos marinheiros que trouxessem os barris de frutas. Lucas e Tereza amarraram as roldanas na ponta do tronco que, deitado no chão e fixado com estacas e cordas, com meia braça livre sobre o abismo, serviria de guindaste para erguerem o tesouro.

Esse trabalho de engenharia lhes custou o resto do dia, enquanto os marinheiros, em três viagens, trouxeram os barris à praia e voltaram ao barco.

Nos dias seguintes, Lucas, Tereza e frei Manoel encheram cinco barris de ouro, joias, esmeraldas e rubis, desprezando muitas moedas de prata. Lucas trabalhava no interior da caverna, examinando o conteúdo das arcas e enchendo os sacos de couro, que amarrava na ponta da corda. Tereza fazia a carga descer até a praia, onde frei Manoel despejava o conteúdo nos barris, deixando espaço para cobrir a fortuna com limões. Tomaram cuidado para que os barris não ficassem excessivamente pesados e assim pudessem carregá-los. Quando terminaram, sobraram na caverna duas arcas quase cheias que, depois de selecionadas joias e pedras mais valiosas, foram abandonadas. Desfizeram o guindaste, esconderam no mato as cordas e as roldanas, apagando os vestígios de sua presença na ilha. Desciam para a praia quando avistaram, no horizonte, um veleiro que se aproximava.

Esconderam-se no mato e esperaram. O veleiro chegou bem perto do barco ancorado na baía, recolheu sua vela e, ao que parecia, jogou âncora.

Frei Manoel julgou ter visto dois homens no veleiro, talvez fossem mais. Pensavam no que iam fazer, e o frei argumentou que o melhor seria aguardar, talvez só buscariam água e logo iriam embora. Mesmo que viessem à ilha, não encontrariam os barris, escondidos entre as árvores numa praia distante da baía. Quando Lucas e Tereza concordaram, ouviram tiros e viram ganchos de abordagem serem jogados do veleiro. Dois homens lutaram com Rosa e Estrela e dois corpos foram jogados ao mar, mas não conseguiram distinguir de quem. Seguiu-se um longo momento até que dois homens embarcaram no bote e remaram para a praia. Lucas escreveu um bilhete, que entregou a Tereza. "Esconda-se e espere." Ela negou-se, ficaria com eles. Lucas voltou a escrever: "se formos presos, precisamos de alguém para nos salvar". Frei Manoel concordou, era melhor que ela se escondesse e esperasse, já ele iria ao encontro dos homens, conversaria com eles, quem sabe não poderia comprá-los? Tereza concordou, pegou um dos machados e um facão, despediu-se de Lucas com um beijo e embrenhou-se na mata.

Lucas e frei Manoel desceram a colina, sempre protegidos pela vegetação alta, até um ponto onde era impossível avançar sem serem vistos da praia. Deitaram-se e esperaram. O bote aproximou-se da ilha, vencendo a rebentação fraca das ondas, e dois homens desembarcaram. Não eram seus marinheiros. Frei Manoel disse a Lucas que esperasse, iria até a praia e os receberia, diria estar só, talvez fossem embora. Lucas concordou. Frei Manoel ergueu-se e caminhou para a praia, acenando e gritando:

— Salve! Que a paz de Nosso Senhor Jesus Cristo esteja convosco!

Os homens se voltaram para ele. De onde estava, entre as folhagens, Lucas os reconheceu: Murutinga, o feitor do engenho, e Puxi, o caçador de escravos que ceifara sua liberdade e sua voz. Frei Manoel caminhava, sorrindo, em direção à morte. Lucas ergueu-se e, num grande esforço, gritou:

— Não!

Frei Manoel voltou-se para Lucas, que acenava e o chamava, e então reconheceu Murutinga, o cruel feitor do tio de Tereza. Deu meia-volta e correu o mais rápido que pôde, subindo a colina. Puxi, na praia, ergueu a pistola, fez mira e atirou. O frei caiu, atingido na coxa. Lucas não tinha mais como ajudá-lo não podia enfrentar dois homens armados com uma machadinha. Sua única chance era esconder-se, então embrenhou-se na mata.

Puxi e Murutinga alcançaram frei Manoel, que sangrava muito. Murutinga perguntou onde estavam Tereza e Lucas e frei Manoel disse a verdade, que não sabia. Puxi perguntou a Murutinga se podiam matar o padre, ele respondeu que o melhor seria mantê-lo vivo por enquanto. Caso não os encontrassem, podiam torturá-lo para que falasse. Puxi amarrou os pés e as mãos do frei com uma tira de couro e o deixaram caído. Subiram a colina, procurando rastros de Lucas. Encontraram alguns e chegaram à beira da mata. Puxi entrou na mata, abrindo caminho com um facão, seguido por Murutinga até uma clareira. Procuraram rastros pelo chão, não encontraram e então separaram-se.

Puxi avançou por onde o chão era de pedra e os rastros mais difíceis de serem seguidos. Murutinga avançou pela mata até que percebeu um graveto quebrado e folhas mexidas no chão. Lucas, que o observava do alto de uma árvore, saltou sobre ele, que caiu, atordoado. Quando Lucas ergueu o machado, o feitor recobrou-se e chutou suas pernas. Lucas caiu e tentou erguer-se, mas foi chutado no rosto. Quase perdeu os sentidos, o sangue nublava sua visão. Murutinga pegou sua pistola, carregou, engatilhou, apontou e só deteve o gesto quando o facão de Tereza entrou em suas costas. O feitor largou a pistola, caiu de joelhos, tentando, sem conseguir, alcançar a lâmina cravada entre suas costelas. Tombou, agonizante, cuspindo sangue. Lucas ergueu-se, encarou seu feitor, pegou o facão e pronunciou lentamente um nome:

— Lu-i-sa.

Com um golpe preciso, cortou o pescoço de Murutinga, abreviando sua agonia. Guardava o facão na cintura quando uma flecha cravou em suas costas. Caiu, tonto de dor. Puxi aproximou-se, com um sabre na mão. Tereza pegou a pistola, mas antes que pudesse mirar, foi atingida por um soco e desmaiou. Puxi recolheu a pistola, examinou Murutinga e voltou-se para Lucas:

— Eu só preciso levar sua cabeça.

E então foi acertado por uma pedra, lançada por Tereza, que recobrara os sentidos. Puxi curvou-se com o choque, e ela pulou em seu pescoço, ele a acertou com o cotovelo, uma, duas vezes. Tereza tentou puxá-lo pela gola da camisa, que se rasgou, e ela foi ao chão. Puxi deu um chute em sua barriga, tirando seu ar, e fazendo-a se contorcer de dor. Puxi pegou a pistola, e foi então que Lucas viu, em suas costas, uma marca feita a ferro, a marca de um L. Puxi apontou a pistola para Lucas, que falou:

— Kalu.

Puxi abaixou a arma, imaginando como aquele escravo poderia conhecer seu nome iorubá. Tereza, que recuperava o fôlego, olhou para o esposo, sem entender o que acontecia.

— Kalu — ele repetiu.

Tereza perguntou se ele se chamava Kalu, da nação iorubá, irmão de Okun, que dera a ele uma pulseira de couro com diamantes escondidos. Puxi confirmou. Ninguém além dele, e de sua irmã, sabia do bracelete. Tereza concluiu:

— Este é Lucas, filho de Okun, seu sobrinho.

6

Tereza contou a Kalu a história da mãe de Lucas, do encontro com Francis Drake, da vida na Inglaterra, e do pedido que fizera a Lucas, em seu leito de morte: que encontrasse o irmão e o abençoasse, dizendo que ela vivera e morrera em paz. Lucas, com a voz que lhe restava, cantou a canção de ninar que ouvira tantas vezes na voz de Okun. *L'abe igi orombo, L'abe igi orombo...*

Ao ouvir aquela melodia, "debaixo da laranjeira", Kalu caiu de joelhos, curvou-se até tocar a testa no chão e, com a palma das mãos na terra, chorou e agradeceu aos deuses por terem protegido Okun e tê-lo impedido de matar seu filho. Depois abraçou e beijou Lucas, e ajudou a retirar a flecha cravada em seu ombro. Tereza correu e encontrou frei Manoel que, depois de desamarrado, escutou, incrédulo, sobre o encontro de Lucas e de seu tio. Frei Manoel rezou à Virgem, de quem era devoto, pela intervenção. Um milagre era a única explicação possível para tamanha graça. Kalu contou então como o bracelete havia comprado sua liberdade ao seu dono, e como viveu nessa terra desde então, sendo respeitado como o melhor e maior caçador de escravos da capitania de Pernambuco. O encontro com Lucas naquele momento, naquele lugar, tinha que ser um desígnio dos deuses, "só nos resta obedecer".

Rosa e Estrela estavam mortos, jogados ao mar por Kalu e Murutinga. O caçador enterrou o corpo do feitor, marcou o local com uma pedra, e depois tratou dos ferimentos de Lucas e de frei Manoel com teias de aranha e uma infusão de ervas e flores. Enquanto Tereza cuidava do esposo, o frei mostrou a Kalu o tesouro. Os barris foram levados de bote ao veleiro, um por um, e erguidos ao convés pelas cordas e roldanas, tarefa que consumiu um dia inteiro. Encheram duas quartilhas de água, o que deveria ser suficiente para dois dias de viagem até o continente, e partiram ao amanhecer, aproveitando a maré baixa e os bons ventos.

Navegaram bem por quase dez horas e, como por um encanto, o vento parou, e o mar parecia feito de aço reluzente. E assim, sem uma brisa sequer e sob o sol torturante do Equador, a mais de cem léguas de qualquer terra firme, eles ficaram por oito dias.

A água há muito acabara, os limões estavam quase no fim, frei Manoel penitenciava-se, trocaria um barril de ouro pelo mesmo de goiabas, a Virgem o abandonara e morreriam os quatro, cobertos de ouro espanhol e esmeraldas. Foi quando ouviram ao longe um som, algo que parecia um canto, de vozes humanas, em inglês. O sol rasgava o céu sem nuvens, e eles apertaram os olhos para ver, no brilho do horizonte, um grande navio que se aproximava, muito lentamente. O som que corria livre pela lâmina do mar era a voz de marinheiros que remavam, cantando, conduzindo com a força dos braços um grande navio de velas murchas.

As I was out walkin' down Paradise street,
To me way, hey, blow the man down!

A pretty young damsel I chanced for to meet,
*Give me some time to blow the man down!**

Os quatro se ergueram, acenaram, gritaram, e viram a salvação aproximar-se, até que Lucas ouviu uma voz conhecida.

— Ô, de bordo!

O navio era o *Red Dragon*, em perfeito estado, sob o comando do capitão William Keeling.

---

* Em tradução livre, "Como eu estava andando na rua Paraíso/ Do meu jeito, ei, golpeie este homem!/ Uma bela donzela, por acaso eu conheci/ Me dê um tempo para golpear este homem!".

7

Lucas, Tereza, frei Manoel e Kalu subiram a bordo e receberam água. O frei, depois de beber, ajoelhou-se no convés e pediu perdão à Virgem por duvidar de sua compaixão e bondade. Lucas e Keeling abraçaram-se como velhos camaradas e o capitão saudou a boa sorte. Viu sua língua cortada, e perguntou quem fizera tal barbaridade, Tereza então explicou que fora alguém que já não existia mais. Com as apresentações, Keeling ficou feliz e surpreso que Lucas tivesse conseguido encontrar seu tio. O veleiro foi amarrado ao navio e foram convidados para jantar.

Keeling contou como sobrevivera à tempestade, amarrado ao mastro do navio até ser resgatado. O *Red Dragon*, que os ventos arrastaram para o sul, aportou na Bahia, onde foi restaurado, e seguiu viagem. Em 1609, Keeling descobriu um conjunto de ilhas cobertas de coqueirais entre a Austrália e a Índia que, para o seu orgulho, foram batizadas em sua homenagem. Três anos depois, tomou parte da Batalha de Suvali, em Guzerate, onde os ingleses derrotaram os portugueses e acabaram com o monopólio no comércio com as Índias. Casou-se e estava a caminho de Olinda, onde deixara a esposa, grávida, havia mais de um ano, quando fora surpreendido pela calmaria, desgarrando-se dos outros três navios da expedição, que esperava encontrar no Brasil. Depois de resgatar a esposa e conhecer o filho, voltaria à Inglaterra, e seria um prazer tê-los a bordo. Keeling apanhou, entre os seus livros, o caderno que Lucas lhe entregara na África; guardara com ele todos aqueles anos. Devolveu-lhe e disse que sentia muito, mas tinha que dar uma má notícia: no dia 23 do último mês de abril, falecera, em Stratford-upon-Avon, o poeta William Shakespeare. Brindaram a ele.

Keeling perguntou o que afinal faziam no meio do oceano naquele pequeno barco e qual era a sua carga. Lucas escreveu que eram limões, para estranhamento de Keeling, e garantiu que eram frutas de um tipo muito especial. Depois do jantar, foram a bordo do veleiro e Lucas mostrou a Keeling, para seu assombro, o tesouro de Francis Drake, oferecendo a ele um dos cinco barris, um preço justo a pagar a quem lhes salvara a vida.

Ainda durante a noite o mar revoltou-se e o vento nordeste encheu as velas do *Red Dragon*. Navegaram bem durante todo o dia, avistaram terra no fim da tarde, deitaram ferros no cais do Recife à noite, onde Keeling encontrou os outros navios de sua frota, o *Lyon*, o *Peppercorn* e o *Expedition*. Três barris foram içados do veleiro e levados aos porões do *Red Dragon*. Decidiram que Tereza ficaria a bordo, em segredo e em segurança. Ela despediu-se de frei Manoel e de Kalu, que iriam a terra com o veleiro e seus dois barris, num ancoradouro distante dos olhos de curiosos. Lucas, apesar dos protestos de Tereza, desembarcaria com eles. Ele colocou na bolsa um punhado de moedas de ouro, disse que tinha dívidas a saldar antes de deixar o Brasil.

Keeling disse que precisaria de dez dias para matar as saudades da esposa, conhecer o filho, descarregar e abastecer o navio e partir. Lucas garantiu que estaria de volta antes disso e, caso contrário, não deviam esperá-lo. Despediu-se de frei Manoel e convidou-o mais uma vez para viajar com ele. O frei agradeceu o convite, mas o Brasil tinha um novo governador-geral, dom Luís de Sousa, e o papa Paulo V, atendendo às instâncias de Felipe III de Castela, promulgara a Bula Super Eminenti, constituindo a prelazia de Pernambuco, independente da Bahia, e agora a capitania tinha tudo para crescer. Ele amava aquela terra, não gostava de frio. Desejaram-se sorte.

Lucas, com a ajuda de Kalu, contratou dez homens, armados e bem montados, e partiram para o engenho. Chegaram antes do amanhecer à casa-grande, onde todos ainda dormiam. Um dos empregados tentou reagir, foi rapidamente subjugado e desarmado. O sr. Durval despertou com Lucas e Kalu em seu quarto, sem entender o que se passava. Kalu esclareceu que tinham vindo libertar todos os escravizados, pagariam um preço justo por eles. O sr. Durval enfureceu-se, chamou Lucas de ladrão e violador, disse que os escravos não estavam à venda. Lucas informou que, sendo esse o caso, teriam que matá-lo. O sr. Durval reconsiderou a oferta, então Lucas largou sobre a mesa algumas moedas de ouro e, enquanto Kalu e seus homens abriam a senzala e libertavam quase uma centena de escravizados, Lucas dirigiu-se aos aposentos da sra. Josefa Maria, decidido a cumprir a promessa que fizera a si mesmo quando vira a escrava Luisa partir para a morte na fogueira.

Entrou no quarto da senhora do engenho com uma pistola na mão. Teve uma visão que jamais esqueceria: deitada na cama, coberta apenas com um lençol exíguo que mal escondia seu corpo obeso e seus pés inchados, d. Josefa Maria resfolegava, sufocada pelo bócio volumoso cingido com um colar de sanguessugas. Lucas percebeu o pavor em seus olhos ao reconhecê-lo, ficou algum tempo observando a figura dantesca, guardou a arma e tirou da bolsa a colher de pau que um dia fizera para Luisa. Deixou-a ao pé da cama, certo de que havia destinos piores do que a morte.

Kalu prometeu a Lucas que, com seus homens, conduziria os escravos libertos até a Serra da Barriga, distante dali quarenta léguas, onde se juntariam a outros pretos fugidos e poderiam viver em paz, num sítio conhecido pelo nome de Palmares. Kalu abraçou e beijou seu sobrinho, agradecendo mais uma vez aos deuses pelo encontro e garantindo que usaria seu tesouro para libertar outros escravizados e, entre eles, viver como um homem livre.

Lucas voltou a Olinda. A bordo do *Red Dragon*, Tereza o recebeu com o coração leve, suas preces foram ouvidas. Foi apresentado a Anne, esposa do capitão Keeling, e a seu filho, William Júnior. Os quatro navios partiram ao entardecer, a viagem de volta à Inglaterra transcorreu sem incidentes.

Em Londres, foram recebidos com honras militares pelo lorde do Almirantado, o duque de Buckingham, a quem entregaram os barris com o tesouro de Sir Francis. Grande parte da nobreza de Londres compareceu à cerimônia, assombrada pelo brilho das esmeraldas, dos rubis e dos dobrões de ouro espanhóis. Como determinava a lei, metade dos saques ao inimigo seria entregue aos cofres do Estado, a outra metade ficaria de posse de quem, com risco da própria vida, os conquistara.

Lucas e Tereza compraram uma grande residência em Kensington, investiram sua fortuna com sabedoria e viveram em paz por muitos anos. Tiveram três filhos. Lucas recebeu o melhor tratamento médico e, depois de algum tempo, reaprendeu a falar.

Tereza realizou seu sonho de abrir uma editora e uma livraria, e comprou um telescópio. Lucas juntou mais de cinco mil volumes numa grande biblioteca, onde passava suas tardes, escrevendo suas memórias e traduzindo relatos de viajantes. Em 1623, o casal patrocinou, anonimamente, a edição de um fólio com as obras completas de William Shakespeare. Ninguém nunca soube que o faziam por gratidão e amor filial.

Uma noite, enquanto observava as estrelas, Tereza perguntou a Lucas se ele não sentia falta do céu esplendoroso do hemisfério sul e de suas viagens pelo mundo, ao que ele respondeu: "Eu, pobre homem... Minha biblioteca é reino de bom tamanho".

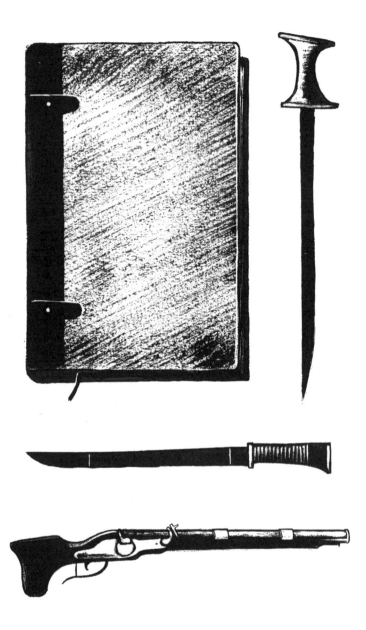

Algumas fontes e bibliografia

Os fatos descritos nesta história aconteceram, ou poderiam ter acontecido.

Lucas Fernandez foi o primeiro tradutor de Shakespeare, em 1607, para o português. Sua presença a bordo do *El Dragón* como tradutor de *Hamlet* está nos diários do capitão William Keeling, disponíveis na British Library, e é descrita em *"Hamlet* in África 1607", artigo de Gary Taylor em *Discoveries in the Early Modern Period* (Palgrave, 2001), e também em *Shakespeare and Amateur Performance*, de Michael Dobson (Cambridge University Press, 2011), e ainda em "At Sea about *Hamlet*", artigo de Bernice W. Kliman no v. 62 de *Shakespeare Quarterly* (Oxford University Press, 2011).

Os sonetos de número 127 a 152 de William Shakespeare referem-se a uma mulher, *the Dark Lady*, com quem o eu lírico/ poeta teria um caso e por quem estaria seriamente apaixonado. O problema é que ela também seria amante de um homem violento e poderoso. Ninguém sabe ao certo se os sonetos descrevem pessoas reais, ou se o poeta é o narrador, nem há registros da identidade do amante poderoso ou da "Dama Negra", mas recentes estudos do professor Duncan Salkeld apontam como maior candidata ao posto uma mulher conhecida como "Luci Negra", que morava num bordel em Whitecross Street.

Sobre a vida de Drake, suas batalhas e sua viagem ao redor do mundo, minha principal fonte foi *Sir Francis Drake, The Queen's Pirate*, de Harry Kelsey (Yale University Press, 1998). Sobre o capitão Kelling, além dos diários de bordo do *El Dragón*, minha principal fonte foi seu verbete no *Dictionary of National Biography*, 1885-1900, escrito por John Knox Laughton. Especificamente sobre o navio *Red Dragon* e sobre a Companhia das Índias Ocidentais, há verbetes bem completos na Wikipédia. Algumas descrições de naufrágios e da vida a bordo dos navios no século XVII se baseiam nos relatos compilados por Bernardo Gomes de Brito na *História trágico--marítima*, publicados em Coimbra em 1735 e 1736.

A tortura e os suplícios praticados contra a escrava Luisa são reais, descritos no processo 11 163 da Inquisição em Lisboa contra a escrava Luisa da Silva Soares, e estão referidos em *O diabo na terra de Santa Cruz*, de Laura de Mello e Souza e também no *Dicionário da escravidão negra no Brasil*, de Clóvis Moura.

Frei Manoel Calado é personagem histórico e sua descrição da cidade de Olinda e da província de Pernambuco está em seu livro *O valeroso Lucideno e o triunfo da liberdade*, publicado em Lisboa em 1648. Sobre a vida e as atividades econômicas no primeiro século da colônia brasileira, uma boa fonte foi *Tratados da terra e gente do Brasil*, de Fernão Cardim, escrito entre 1583 e 1601.

Há indícios históricos de que Francis Drake tenha visitado a ilha de Fernando de Noronha, em 1577. Diz a lenda que Drake teria escolhido como esconderijo para o seu tesouro uma caverna real num paredão de pedra situada abaixo da Fortaleza dos Remédios. Nas marés cheias, a água que entra na caverna, ao refluir, provoca um barulho assustador, que dizem ser a voz de um terrível dragão que guarda o tesouro do pirata.

Embora fosse perfeitamente possível, não há nenhuma evidência histórica de que Sir Francis Drake tenha conhecido Shakespeare ou sido amante da "Luci Negra". Foi realmente Sir Francis quem levou para a Europa a maconha, a coca e a batata. Não há qualquer evidência histórica de que tenha sido de William Shakespeare a ideia de fazer batatas fritas.

Jorge Furtado nasceu em Porto Alegre, em 1959. Escreveu e dirigiu filmes como *Ilha das Flores* (1989), *Houve uma vez dois verões* (2002), *O homem que copiava* (2003), *Saneamento básico, o filme* (2007) e *Rasga coração* (2018). É também autor de séries como *Agosto* (1993), *Memorial de Maria Moura* (1994), *A comédia da vida privada* (1995), *Cidade dos homens* (2002), *Ó pai, ó* (2008), *Decamerão* (2009), *Doce de mãe* (2012), *Mister Brau* (2015), *Sob pressão* (2017), *Todas as mulheres do mundo* (2020) e *Amor e sorte* (2020). Entre seus livros publicados estão *Meu tio matou um cara e outras histórias* (contos, L&PM, 2002), *Trabalhos de amor perdidos* (romance, Objetiva, 2006), *Pedro Malazarte e a arara gigante* (teatro, Artes e Ofícios, 2009) e *O debate* (teatro, com Guel Arraes, Cobogó, 2021). Jorge Furtado é casado com Nora Goulart e pai de Pedro, Julia e Alice. É sócio fundador da Casa de Cinema de Porto Alegre.

Marcelo D'Salete nasceu em São Paulo, em 1979. É autor de histórias em quadrinhos, ilustrador e professor. Estudou design gráfico, é graduado e mestre em artes plásticas. Publicou o álbum *Cumbe* (Veneta, 2014), que teve edições em Portugal, França, Áustria, Itália, Espanha e Estados Unidos. *Cumbe* venceu o Eisner Awards 2018 na categoria Best U.S. Edition of International Material. A graphic novel *Angola Janga: Uma história de Palmares* (Veneta, 2017) foi ganhadora dos prêmios Grampo, HQMIX, Jabuti e Rudolph Dirks (Melhor Roteiro América do Sul). O livro foi publicado também na França, em Portugal, na Áustria, Espanha, Polônia e nos Estados Unidos.

ESTA OBRA FOI COMPOSTA PELO ACQUA ESTÚDIO EM MERIDIEN
E IMPRESSA PELA GEOGRÁFICA EM OFSETE SOBRE PAPEL PÓLEN SOFT
DA SUZANO S.A. PARA A EDITORA SCHWARCZ EM NOVEMBRO DE 2022

A marca FSC® é a garantia de que a madeira utilizada na fabricação do papel deste livro provém de florestas que foram gerenciadas de maneira ambientalmente correta, socialmente justa e economicamente viável, além de outras fontes de origem controlada.